ロクでなし魔術講師と福音後記《アフターレコード》

羊 太郎

ファンタジア文庫

3479

口絵・本文イラスト　三嶋くろね

If01. Nameless

永遠に新しき神

《無垢《むく》なる闇》は滅び、永劫《えいごう》回帰するグレンの戦いは終わった。

これより始まるは、まったく新しき白紙の未来。

グレンが一体、誰と共に歩み、どんな未来を描くのか？

これは、そんな様々な可能性に分枝《ぶんし》する未来の姿の一つ――どこかにあるかもしれない並行世界の話である。


――――。


「行くぜ、ナムルス！　これがこの世界の最後の戦いだ！」

そこは広大なる地下礼拝堂。

襤褸《ぼろ》のマントをばさりと広げ、グレンが叫ぶ。

「……フン。いつも通り、貴方《あなた》の背中は私が守ってあげるから、精々しっかりなさい」

真っ白い灰のような髪の少女――ナムルスが異形の翼を広げ、そんなグレンの傍《かたわ》らに寄り添うように立つ。

二人が見上げる前には、見ただけで正気が抉《えぐ》れるような異形がいた。

巨大な雲のような身体《からだ》から、粘液に包まれた黒い触手と、山羊《やぎ》のような蹄《ひづめ》を持った脚が幾本も生えている。

その胴に存在する多くの巨大な口からは、まるで拗《ねじ》くれた樹木に似た、動物とも植物ともつかない怪物が絶えず産み落とされ続けている。

そして、その身に漲《みなぎ》る壮絶で圧倒的な魔力、あまねく全てをひれ伏させる絶対的で絶望的な神気。

その異形の名は、外宇宙の邪神の一柱──《深き森の黒山羊》。

この世界の外より召喚された、招かれざる災厄であった。

このあまりにも強大な力を持つ外宇宙の邪神に、この世界で立ち向かえる人間など存在しなかった。

この異形は最初から人間より遥《はる》か天なる高みに在る存在として生まれ落ちた上位存在。

人間などとは存在の規格が、次元があまりにも違い過ぎる。

この邪神が召喚された時点で、この世界は滅びの運命が確定した……はずだった。

だが──

「はぁああああああああああああああああああっ！」

グレンが黒き刀を抜いて飛び上がり、遥か天空より邪神へ向かって光速で斬りかかる。

その刀の銘は《新たなる正しき刃》。

理不尽に抗《あらが》う人の誇り、正しき怒りの体現。グレンが長き時の中で鍛え上げた究極の神殺しの刃である。

その名に恥じず、グレンが振るった黒刀は、まるで黎明《れいめい》のように輝く剣閃《けんせん》を描き、壮絶な爆光と魔力を上げて、邪神を猛然と斬り裂いた。

『hg:jれういあおmふいm;jgひjごいれがfvbp;jsk;いろれ～～～～ッ!』

世界の果てまで届かんばかりの苦悶《くもん》の奇声を上げる邪神。

そして、己に楯突《たてつ》く不遜な輩《やから》をバラバラに引き裂いてやらんと、邪神は無数の触手を光速で振るう。

触手の先端にある大口がパカリと開き、そこにぞろりと並ぶは鋭く悍《おぞ》ましき牙。

それが四方八方からグレンへと迫っていき——

「……フン。今さらその程度で」

素早く間に割って入ったナムルスが左右の手に一振りずつ持った《銀の鍵》と《黄金の鍵》を同時に振るう。

グレンの周囲の空間が凍結し、同時に時の流れが止まる。

あらゆる物理的干渉や魔術を受け付けぬ邪神の触手がピタリと停止。

「ぉおおおおおおおおッ！」

その隙を逃さず、グレンが黒刀を猛然と振るい、無数の触手を片端から切断していき
──

「《Iya, Ithaqua》ッ！」

火打ち石式拳銃《フリントロック・ピストル》──魔銃《クイーンキラー》を引き抜き、呪文を叫びながら撃鉄を弾いた。

銃口から吐き出される弾丸から、とある風の神性が召喚され、あらゆる次元と空間を超える絶対零度の凍気が、邪神を容赦なく蹂躙《じゅうりん》していく──

そして、そんな風に邪神を完全圧倒しているグレンとナムルスを前に。

「お、おのれ……おのれぇッ！」

邪神の召喚者──この世界に存在するとある邪教の教祖ニグルスは悔しげに吐き捨てた。

「新しき神《神を斬獲せし者》！　その眷属神《けんぞく》《戦天使》！　まさか……まさかこれほどとは！」

滅びこそ真なる救済——そんな教理を掲げてきたニグルスは、最後の最後で己の野望の前に立ちはだかった、忌々《いまいま》しい壁に歯噛《はが》みするしかない。

この二人さえ現れなければ、今頃、ニグルスは己の本懐をとっくに達成できていたはずだったのに——

「ええい！　我が悲願、ここまで来て潰《つい》えてなるものか！　神よ！　我を汝《なんじ》の供物《くもつ》に捧《ささ》げる！　その力をもって正義気取りの偽善者共を討ち滅ぼしたまえ！」

そう宣言して、ニグルスがなんらかの呪文を唱えると、邪神の触手がニグルスへ殺到し、一瞬でニグルスをバラバラに噛《か》み砕《くだ》いて咀嚼《そしゃく》して——

それはいかなる魔術的作用だったのか、次の瞬間、邪神の魔力が、神気が圧倒的に跳ね上がった。

「——ッ!?」

そして、予想外の出来事に硬直するナムルスを、四方八方から翻《ひるがえ》る触手が襲った。

速い。今までの触手の速度が蝸牛《かたつむり》に感じられるほどに速過ぎる。

「し、しまっ——」

対応が遅れたナムルスは、その触手をどうすることもできず——迫る触手の先端が大口を開いて。

思わずナムルスが顔を背けて。

ぶしゅっ！

次の瞬間、上がる真っ赤な血。

されど、ナムルスの身体には傷一つない。

代わりに触手達が喰《く》らいついているのはグレンの身体。

グレンが身を挺《てい》して、ナムルスを庇《かば》ったのだ。

「へっ……させるかよ」

「あ、主様……ッ!?」

「一気に決めるぜ！」

血塗《ちまみ》れになったことも構わず、グレンは黒刀を振るって触手を全て斬り払うと、古式回転拳銃《パーカッション・リボルバー》を抜く。

邪神の本体に向かって、真《ま》っ直《す》ぐに飛んでいく。

「《0の専心《セット》》！　【愚者の一刺し《ペネトレイター》】ッ！」

そして、超至近の零距離射撃から放たれる神殺しの必滅魔弾が、邪神の存在本質そのものを射貫《いぬ》いて。

この世界、ハイスフェルムを長きに亘《わた》って恐怖と絶望のどん底に落とし続けた邪教は、ついに滅びの時を迎えるのであった——

——。

「いちち……終わったな」
「……そうね」

遥か遠《とお》く崖の上から、崩れ落ちていく邪教の大聖堂を眺めながら、グレンとナムルスが寄り添い立っていた。

「これでこの世界の戦いも終わり……俺達もお役御免だ。そろそろ次の世界へと旅立たねえとな」
「…………」
「なにせ、俺達は〝神〟だもんな？　強過ぎる力は、平和になった世界にゃ邪魔ってもんだ。後のことはこの世界の連中に任せて、俺達は相も変わらず、あてもない永遠の旅の続きに戻るとしようぜ？」

そんな風に、グレンは穏やかに、戯《おど》けたように言うが。

「…………」

当のナムルスは、何かを考え込むように押し黙っていた。

「おーい、どうした？　ナムルス」

「……なんでもないわ」

不意に、我に返ったように応答するナムルス。

「そんなことよりも」

ナムルスがグレンの手を取る。

「いっづ⁉」

その瞬間、グレンが苦悶の表情で叫んだ。

「ほら見たことか。肉体は修復して取り繕っても、貴方の霊魂にダメージが深く残ってる。バカね、私なんか庇うからよ」

「そ、そ、そんなこと言ったってよぉ……あいててて⁉」

「黙ってなさい。今、貴方の傷んだ霊魂を修復してあげるから」

そう憮然《ぶぜん》と言い放って。

ナムルスは、取ったグレンの掌《てのひら》にそっと口づけした。

それは機械的・事務的なようで、まるで愛《いと》しい人の唇に深く口づけるかのように、優しく丁寧でもあった。

そして、グレンの全身に、温かく心地良い感触がその口づけを通して広がっていく。先の邪神との戦いで傷んだグレンの存在が修復されていくのがわかる──

「いつもあんがとな、ナムルス」

「…………」

答えず、ナムルスはグレンの掌への口づけを続ける。

もうとっくに修復は終わっているのだが、構わずまだ口づけを続ける。

グレンの手に口づけながら、ナムルスは朧《おぼろ》げに考える。

最近、何度も何度も繰り返し考え続け、結局答えが出せない問答を。

(本当に……これで良かったの?)

グレンの故郷の世界ルヴァフォースにて《無垢《むく》なる闇》を倒してから、もうどれほどの時が経《た》っただろうか?

ルヴァフォースを旅立ってから、どれくらいの時が経っただろうか?

（外宇宙の邪神である私にとって、ルヴァフォースで過ごした時間は短かったけど……それでも、今でも昨日のことのように、あの全ての日々を鮮明に思い出せる）

《無垢なる闇》との最後の戦いの後、色んなことがあった。

グレンやシスティーナ達と過ごす、騒がしくも平和な学生生活。

楽しい時間は飛ぶように流れて。

やがて、皆、学院を卒業して。

システィーナも、ルミアも、リィエルも、それぞれが自身の夢や将来に向かって、別々の道を歩き始めた。

そして、グレン。

システィーナ達の新たなる旅立ちに合わせて、彼も自身の目指す未来に向けて、新たに歩み始める。

一体、グレンは誰と共に未来を歩むのか？

システィーナ、ルミア、リィエル、イヴ……誰もがグレンと共に未来を歩める可能性があった。

誰がグレンに選ばれても、まったくおかしくなかった。

そんな様々な可能性が交錯する分岐点で、それは何の因果かあるいは運命か、選ばれたのは――たまたまナムルスだった、それだけだ。

(まさか、人間ですらない私が選ばれることになるなんて……あの子達の中では一番、可能性が低いって思ってたのに。まぁ、多分、どうしたっていつか一人ぼっちになる私が可哀想《かわいそう》だったんでしょ。

……斜に構えるのはやめるか。

だって彼と共に未来を歩むことは、私がずっと望んでいたことだもの。

そう……あの世界の古代魔法文明で初めて彼と会ったあの日から……)

思えば、あの時から何か予感じみたものを、ナムルスは感じていた。

まるで人という存在を象徴するようなグレンの輝きに、ナムルスはずっと心惹《ひ》かれていたのだ。

確かに、グレンが誰を選ぶか、誰と結ばれるかという瀬戸際《せとぎわ》には、多少の一騒動はあった。

皆、それだけグレンのことを深く愛していたからだ。

だけど……結局、皆、納得した。

グレンがナムルスと共に未来を歩むことを納得し、祝福してくれたのだ。

〝どうか、ずっと先生をお願いね〟

〝二人ともお幸せに〟

〝ん。がんばって〟

祝福されて。

グレンのことを任されて。

ナムルスは、グレンと共にあの世界でお世話になった人達全ての人生を最期《さいご》まで見届けて……そして、次元樹に広がる無限の世界へと旅立った。

世界から世界へあてもなく渡り歩き続ける永遠の旅路についたのだ。

（正直、グレンは人として一生を終えるつもりだと思っていたから……グレン達が亡《な》くなったら、私はまた独りぼっちに戻ると思ってたから……だから嬉《うれ》しかった。グレンが私と共に在ることを望んでくれて、私の隣に居てくれて……グレンが私を選んでくれて、本当に嬉しかった……幸せ、だった……）

終わりなき永劫《えいごう》の時も、グレンさえいれば歩いて行ける。寂しくない。

愛しい人と二人で永遠に共に在る……永遠存在であるナムルスにとって、これ以上の幸福などあるわけがない。

そう——あくまで〝ナムルスにとって〟は。

だからこそ、悩むのだ。

ナムルスにとって、グレンという存在がかけがえもなく大切で、愛しいからこそ、心から愛しているからこそ、彼女は悩むのだ。

(貴方《あなた》が私と共に歩み続ける限り、貴方は〝正義の魔法使い〟として人を救い続け、こうして傷つき続ける。

本当に……これで良かったの？)

ここ百年くらい、寝ても覚めても、こんなことばかり考えている。

確かに、ナムルスは幸せだった。

いつもグレンが自分の隣に居てくれて、愛してくれて幸せだった。温《ぬく》もりをくれて多幸感で溶けそうだった。

だけど、グレンは？

グレンは本当に幸せなのか？

永遠に生き続けることが、人間であるグレンにとって、本当に幸せなことなのか？

(もし、グレンが私以外の子を選んでいれば……グレンは人としての天寿を全うすることができた。人として幸福に終わることができた。

だけど、私なんかを選んでしまったせいで……もうグレンに幸福で安寧なる終焉《しゅうえん》は訪れない。

もう永遠に歩み続けるしかない。〝正義の魔法使い〟として戦い続けるしかない。それは――……）

ナムルスにとっては、なんという幸福なる祝福で。

グレンにとっては、なんという残酷なる呪いなのか。

（今の私は、この世界で一番愛しい人を、永遠に縛り続け、苦しめ続けるだけの存在……。

だから、私はすぐにでも主様との契約関係を解くべき。グレンを人に戻してあげるべき。

それはわかってる。

でも、できないの……私自身がもうグレンなしでは生きられない。

嫌よ……彼と共に在る幸福を知った今、今さら一人に戻るなんて、できっこない……

ッ！

こうして私は、もう随分と長いこと停滞した時の牢獄《ろうごく》の中にグレンを縛り付けている
……私の醜いエゴで）

そんな風に自己嫌悪《けんお》に陥りながら、口づけを続けるナムルスへ。

「……どうした？　ナムルス。泣いてるのか？」

グレンが戸惑うように問いかけてくる。

「……泣いてないわ。目でも悪くなったわけ？」

グレンの言葉でようやく我に返ったナムルスは、そっとグレンの手から唇を離し、目元を拭いながらグレンへ背を向ける。

「いや、でも、お前……」

「うるさい、ほっといて。とにかく、修復終わり。どう？　調子は」

「お、おう……すっかり本調子に戻ったぜ！」

「そう。それで？　これからどうするつもり？」

「ま、この世界で俺達がやるべきことは全部終わったから、このまま次の世界に旅立ってもいいんだが……俺達がこの世界で随分とお世話になった王女様がいたろ？

一応、彼女に挨拶してから旅立つってのが筋かと思ってな」

「そう。それでいいわ」

そんな風にツンと返して、ナムルスは歩き始めた。

（……私自身わかってる。もう潮時。私のエゴのためにこれ以上、グレンを縛り続けるわけにはいかない。

だから、今回のこれは好機。私の歪《ゆが》んだ依存を断ち切るための。

グレン……誰よりも人間らしく優しい貴方は、やっぱり神の真似事《まねごと》なんて似合わない。まっとうに人間らしい一生を送るべき。それが貴方にとっての本当の幸福なんだから……)

ナムルスがすまし顔の裏でそんなことを考えているとはつゆ知らず。

「……？？？」

グレンは、いつもと違うナムルスの様子に、どこか首を傾《かし》げながら、後に続くのであった。

——。

その日。

この世界を救った救世主の帰還に、ラインスト王国は国を挙げてパレードを開き、盛大にグレンとナムルスを出迎えた。

嵐のような大歓声の中、グレンとナムルスを乗せた馬車は、王城へと向かう都市の大通りをゆっくりと進んでいく。

誰もが笑顔でグレンへの感謝を叫びながら手を振っており、グレンはそんな民衆達へ、照れ臭さを感じながらも手を振って応えている。

「ったく、この世界の連中は大袈裟《おおげさ》だなぁ……」

今までも世界から世界へと渡り歩く長い旅路の中、数多くの世界を救い続けてきたが、基本的には人知れず終わらせた戦いばかりだった。

今回はたまたま、この世界の人間達の協力を受けて、滅びの運命に対処することになり、多くの人間がグレンのことを認知はしていたが……

「まさか、こんなに感謝されるとは思わなかったぜ」

「いや、当然でしょう？　貴方は滅び逝《ゆ》くこの世界を救ったのよ？」

フン、とナムルスが鼻を鳴らす。

「ま、それを差し引いても……この世界の連中は少々お人好《ひとよ》しなきらいがあるけどね」

ナムルスが辺りを見渡す。

「似てると思わない？　私達の懐《なつ》かしき故郷……ルヴァフォースに」

「ああ、そうだな」

グレンが頷《うなず》く。

そう、この世界は似ている。

文化も、文明レベルも、雰囲気も、人々の気質も……グレンの故郷の世界に何もかもがそっくりなのだ。

だからこそ、普段は訪れた世界の人々と深く関わらないようにしていたのだが、つい色々と関わり交流を持ってしまったのかもしれない。

「グレン。もし、貴方が永遠の旅路を止《や》めて、腰を落ち着けるとしたら……こういう世界がいいんじゃない？」

「ん？　何だ？　すまん、歓声でよく聞こえなかった」

「ううん、なんでもないわ」

グレンが問い返すも、ナムルスはそのまま目を閉じて黙ってしまう。

やはりどこか様子のおかしなナムルスに、グレンは小首を傾げるしかないのであった。

「……？」


――――。


「本当に……本当に、ありがとうございました、グレン様」

豪奢《ごうしゃ》な王城の謁見の間にて。

帰還したグレン達を、煌《きら》びやかなドレスに身を包んだ、天使のように美しい、金髪の少女が出迎えていた。

どこか故郷の世界の懐かしい誰かの面影があるその少女の名は、エレア。

このラインスト王国の王女である。

「かの外なる悪《あ》しき神の手によって、滅び逝くしかなかったこの世界が希望の明日を迎えることができるのは、全て貴方のおかげです。本当に感謝してもしきれません」

「そんな大したことじゃねえって」

穏やかに微笑《ほほえ》むエレア王女に、グレンがパタパタ手を振っておどける。

「根無し草な俺達を食客として迎えてくれて、色々と裏で援助してくれた姫さんを始めとする、この世界の人達のお陰だって」

「それでも、私達は貴方達という存在を、感謝と共に、未来永劫語り伝えることでしょう」

「え？　それって銅像とか建っちゃったりするの？　照れるぜ……痛っ」

まんざらでもなくドヤ顔のグレンの太ももを、ナムルスがつねる。

「しかし、無事に世界が救われ、ようやく一段落ですな……ッ！」

すると、エレア王女を幼少の頃から世話していたという老齢の大臣がむせび泣きながら言う。

「王女！　貴女《あなた》は亡き先王の御遺志を継ぎ、この国を守るという務めを立派に果たされました！　先王も草葉の陰でさぞ喜んでおられることでしょう！　この爺《じい》、この爺……もう胸が一杯でございます！　ううっ……」

「そんな、大袈裟ですよ、爺や」

「がはは！　後はそろそろ姫様の婚礼相手を探さねばなりませんなぁ！」

「そうですとも！　今までは世界存亡の瀬戸際《せとぎわ》で、そのような暇はとてもありませんでしたからなぁ！」

「これから我々家臣団、総力を挙げて最高の婿殿を、姫様に見出《みいだ》して差し上げねば！」

「オホン！　ところで、そこの救世の英雄たるグレン殿？　もし、貴殿さえよろしかったら、姫様と……」

「も、もうっ！　爺達ったらぁ！」

エレア王女が顔を真っ赤にして、はやし立てる家臣団を一喝する。

「本当にごめんなさい、グレン様。最後までこんな人達で……」

「ははは、いいじゃねえか。それだけ姫さんが慕われてるってこった」

申し訳なさそうなエレア王女を、グレンが笑って受け流す。

「姫さんには本当に世話になったよ。姫さんが導いていけば、この国は、そしてこの世界の未来は、きっと良《い》いものになるさ」

「あはは、責任重大ですね。ところでグレン様はやっぱり……？」

恐る恐る聞いてくるエレアに、グレンは少しだけ気まずそうに頷く。

「ああ。かねて言ってた通り、俺は次元樹を渡り歩く旅へ戻るよ。

この世界を蝕《むしば》んでいたイレギュラーは消した。なら、もう俺みたいなイレギュラーは必要ないからな」

「………………」

すると、一瞬、エレアは哀《かな》しそうに目を伏せて。

「そうですか……でも、せめて今夜の祝賀会に参加していただけませんでしょうか？

貴方《あなた》の偉業と功績を労《ねぎら》うため、最高の宴席を心を込めてご用意したんです」

「えっ？　そうなの？　マジで？」

そこまでしてくれるとは心底思っていなかったらしいグレンが、目をぱちくりさせて驚く。

「いや、でも、どうしようか……？」

そして、意見を求めるように、隣のナムルスをちらりと見ると。

「いいじゃない。参加すれば？」

ナムルスが、いつものようにツンとした様子で応じる。

「いいのか？」

「いいも何も、貴方は私の主様。主導権と決定権は全て貴方にある。

せっかく用意された宴席を断るのも無粋だし、満更じゃないでしょ？　そんな絶世の美少女に誘われてさ」

「って、おいおい……」

なんか言葉の端々がいつもより二割増しで刺々《とげとげ》しい気もするが、確かにここで断るのは無粋だろう。

「わかった。あんがとな、姫さん。今夜は目一杯楽しませてもらうぜ」

そうグレンが応えると。

「は、はいっ！　ありがとうございます！　グレン様っ！」

エレア王女は、頬をぱぁっと赤らめ、花のように笑うのであった。

――――。

王城の大ホールに、色とりどりの料理や銘酒が所狭しと並び、この国の重鎮や貴族達が、代わる代わるグレンの下を訪れては挨拶していく。

合奏団が美しい旋律の音楽を奏《かな》で、集った人々がダンスに興じている。

そんなダンスの輪の中に。

グレンとエレア王女の姿があった。

二人で向かい合って手を繋《つな》ぎ、ふわりふわりと優雅に踊っている。

エレアがグレンをダンスに誘ったのだ。

エレアは、頬を薔薇《ばら》のように染めて穏やかに微笑みながら、グレンをうっとりと見つめていた。

「……お上手ですね、グレン様」

「そうか？　ま、ダンスは得意な方だったからな」

どこか気恥ずかしそうに目を逸《そ》らしながら返すグレン。

「しっかしなぁ、ここまで盛大にやってくれなくても良かったのによ……まだまだ財政的には辛《つら》いだろ？」

「いえいえ！　この世界を救ってくれた英雄様への感謝の会ですもの！　このくらい当然のことです！」

美しく着飾ったエレアは、頑として譲らない。

「そんなことより、今夜は心ゆくまでお楽しみくださいね？」

「ああ、ありがとうな」

そうして、二人はしばしの時、無心にダンスに興じ続けた。

やがて。

もう少しで曲が終わるという頃に。

エレアがぼそりと囁《ささや》いた。

グレンだけに聞こえる声で。

「……寂しくなります」

「んっ？」

「この世界を旅立てば……グレン様はもう二度とこの世界へ立ち寄ることはないのでしょう？」

「そうだなぁ……基本的には、一度立ち寄った世界には、二度立ち寄ることはないな」

グレンが今までの遥《はる》かな旅程を思い返しながら言う。

「ま、俺は人として生きるには、ちょっと力を付け過ぎちまってな……あまり一世界に留まり続けると、良くないモノをその世界に引き寄せちまう可能性があるんでね。しゃーねえさ」

「もう一度、この世界に来ることがあるとすれば……外宇宙のどうしようもない脅威が再びやって来た時か……あるいは、遥か未来の話だな」

「…………」

「でも、大丈夫だ。忘れねえよ、姫さんと過ごしたこの世界のことは。ずっと覚えている。それこそ、永遠にな。だから……」

そうグレンが、エレアへ穏やかに微笑みかけた……その時だ。

「大丈夫じゃ、ないです」

エレアが少しだけ声を震わせ、俯《うつむ》き加減にぼそりと囁いた。

「……ひ、姫さん？」

「ごめんなさい、グレン様。我《わ》が儘《まま》を言います。

私は……嫌です。グレン様と別れたくない……離れたくないのです」

そして、何かを決意したように、どこか切なげに訴えかけるように、エレアは顔を上げ、グレンを真《ま》っ直《す》ぐに見つめた。

「愛しています、グレン様。

あの日、あの時、異形に襲われた私は、貴方に救われて出会ったあの時から……ずっと、ずっと、貴方のことを一人の男性として、お慕い申しておりました。

貴方ともう二度と会えないなんて、この胸が張り裂けそうです。

お願いします。どうか……どうか、この世界に留まってはいただけませんでしょうか？

身も、心も、私の全てを貴方に捧《ささ》げますから……どうか……」

「……っ！」

そんなエレアの告白に、グレンは呆気《あっけ》に取《と》られて目を見開いて硬直して……

「……フン。何、そんないかにも予想外の不意打ち食らったようなマヌケ顔してるのよ、あの唐変木主様」

そんなグレンとエレアの様子を、会場の隅にあるテラスの手すりに腰掛けているナムルスが、感情の読めない表情で遠くから眺めていた。

「もうわかりきってたこと、容易に読める展開じゃない。貴方のそういうとこ、あの頃から全然変わってない……私達が苦労したわけだわ」

はぁ……とため息が零《こぼ》れる。

そう。

ナムルスにはわかっていた。

この世界での戦いで、ずっと親身に世話してくれたエレア王女が、出会った時からグレンのことを一途《いちず》に想《おも》い続けていたことを。

一応、同じ女の性に分類されるナムルスは敏感に感じ取っていたのだ。

（まぁ……当然、最初はあの子にちょっとムカついたわ。

だって主様は私の物だもの。自分の物に粉かけられて平静でいられるほど、私、精神的に大人じゃないし。

だから、この世界を救ったら、グレンを引っ張って、とっとと出て行ってやろう……ずっとそう思ってた。

だけど……）

ナムルスは遠い目で、グレンと踊り続けるエレアを見つめる。

（……あの子は、とてもいい子。

気立てが良くて、優しくて……きっと、グレンに様々なものを与えてあげられる子……グレンを人として幸せにできる子。

……対し、私は何よ？）

ナムルスがテラスから、満天の星を見上げる。

（私は……グレンを永遠という名の時の牢獄《ろうごく》の中に閉じ込めておくことしかできない。人としての幸せを与えるなんて、ひっくり返ったってできやしない。

お笑いだわ。私は何かを〝与える〟ために生まれたというのに。そういう風に創出されたはずなのに。

結局、私は《無垢《むく》なる闇》と何も変わりはしない。悍《おぞ》ましく、邪悪な神の一柱ってこと……）

だから、ナムルスは思ったのだ。

これは好機だと。

（グレン。これは貴方が神から人へと戻って、人として生き、人として終わる最後のチャンスよ。

貴方は……この世界でエレアと添い遂げるべきだわ。それで、きっと貴方は本当の意味で幸せになれる。

でも、貴方は優しいから……私が存在する限り、その選択を取ることはない。そんなのわかってる。

だから……私が消えるの）

そう決意して、ナムルスは手すりから降り、そっと踵《きびす》を返《かえ》す。

グレンとエレアに背を向ける。

(私という存在が消えれば……主従契約が切れれば……今の貴方なら、まだ人に戻れる。永遠者《イモータリスト》としての呪いから解放される。人としての幸せを摑《つか》める。

だから……これはチャンス。

長き時渡る旅の果てに、この世界に辿《たど》り着《つ》き、あの子によく似たエレアと出会えたのは、何かの運命。

私はもう充分、幸せだったから。だから……今度は貴方《あなた》の番)

そして、振り返らず歩き始める。

歩きながら、ナムルスはその存在をゆっくりと希薄にしていき……やがて誰にも気付かれぬまま、その場から影も形もなく消えていくのだった。

(……さようなら。私の愛《いと》しい主様)

────。

──。

そこは、この世界を滅亡の危機に追い込んだ邪教の跡地。

先刻、グレンとナムルスが滅ぼした場所——その戦場跡地にて。

『おのれぇ……ッ！　我が滅びの救済を挫《くじ》くとは……忌々《いまいま》しき《神を斬獲せし者》め……ッ！』

そこに奇妙な存在が在った。

いくつかの触手と混沌《こんとん》と霊魂を混ぜ合わせたかのような異形。

見ているだけで正気が削れていくような、何かの残滓《ざんし》。

そんな異形が、ずるずると荒れ果てた瓦礫《がれき》の山の上を這《は》いながら、どこかへ向かっている。

『だが、私は生き残った……出し抜いたぞ……ッ！　我らが神——《深き森の黒山羊》と、根源存在融合することによってなぁ……ッ！』

そう。かの異形の正体は邪教の教祖ニグルス——だった者。

グレン達に追い詰められたあの時、一か八《バチ》かで発動した術式で、神の一部と融合することによって、辛《かろ》うじてあの窮地を切り抜けていたのだ。

『しかし、このような状態だというのになお凄《すさ》まじい力……これが神の力か……ッ!?　今は多くが失われているが、多くの生命を喰《く》らうことで、いずれ力は戻ろう……否、神を超えることすら夢ではない……ッ！』

外宇宙の邪神と融合を果たしたことで、禁断の知識を急速に理解しつつあるニグルスは、己が未来に待つだろう栄光に歓喜を禁じ得ない。

『これから私は《神を斬獲せし者》が去った世界で密《ひそ》かに力を蓄える……そして、いつか滅ぼしてやるぞ、この世界を……ッ！　否、この世界だけではない！　いずれこの世界をも超え、次元樹に存在するあまねく全ての世界を滅ぼしてやる……救済してやる……ッ！　私こそが、この宇宙の全ての新しき神となるのだ……ッ！　クハハ、クハハハハハハハハハハッ！』

と、その時だった。

「無理に決まってるでしょ」

そんなニグルスだった異形の前に、立ちはだかる者がいた。

ナムルスだ。

『——なぁ!?　貴様はッ!?』

「……貴方がしぶとく生き残っていたこと、バレてないと思ってたの？　貴方はここで死ぬのよ。完膚なきまでに滅ぶの」

そう冷酷に言い捨てて、ナムルスは《黄金の鍵》と《銀の鍵》を取る。

この窮地に、一瞬、ニグルスは絶望に震えるが。

『クハ……？　クハ、クハハハハハハハハハハハッ！』

やがて、さも愉快とばかりに、やはり身体《からだ》を震わせて笑い始めた。

『《戦天使》よ！　貴様……まさか一人で来たのか⁉』

「……そうよ。私、一人」

『愚かな！　貴様は元を辿れば、《天空の双生児《タウム》》！　つまり〝誰かに与える存在〟！　本来の貴様は仕える主がいなければ大した力は発揮できまい⁉　主不在の貴様など、今の私でも――ッ！』

そう言って。

混沌が、触手が膨れ上がっていく。

ニグルスという異形の存在が、どんどん膨れ上がっていく。

言葉に違いなく、今のナムルスの力ではどうしようもないほどに。

それを見上げながら、ナムルスは誰へともなくぼんやり呟《つぶや》く。

「そう。私はグレンが居ないと駄目。グレンが傍《そば》に居ない私は、実は大して強くもない。まぁ……今の貴方程度の存在にも勝てないでしょうね、普通にやれば」

その言葉は、諦観とも呼べる乾いた響きを孕《はら》んでいたが。

「……だからこそ都合がいいの」

ナムルスが《黄金の鍵》と《銀の鍵》を頭上で交差させる。

黄金と銀の眩《まばゆ》い輝きが辺りを照らし……ナムルスとニグルスの周囲一帯の時間と空間が、ねじ曲がり歪《ゆが》んだ。

そして――〝孔《あな》〟が開く。

ナムルスとニグルスを呑《の》み込むように開いた、虚無の〝孔〟が。

「……一緒に落ちてもらうわ、深淵《しんえん》――原初の混沌の海へ」

『……なっ⁉』

「そこに落ちれば、神も悪魔も関係ないわ。全ての存在は混沌の中へ、不可逆に溶け混ざる。遍《あまね》く全ての存在の終焉《しゅうえん》よ」

『き、貴様ぁああああ⁉　ま、まさか最初から私と差し違えるつもりでぇえええ⁉』

「差し違える？　違うわ。私はただ……解放してあげたいだけよ」

己の権能を使って、〝孔〟を押し広げながら、ナムルスは物思う。

(色々考えたけど……結局、これしかないのよね)

そう。グレンを救うには、自分がグレンの前から消えるしかない。

グレンを自分という永劫《えいごう》の呪いから解放するにはそれしかないのだ。

(私から契約を切ることはできない……私の魂がそれを拒むから。グレンから契約を切ってくれることもあり得ない……彼は底抜けに優しくてお人好《ひとよ》しだから……だから……貴方を人に戻すには、もうこれしか……ッ!)

そんなナムルスの脳裏に、刹那、これまでグレンと過ごした長きに亘《わた》る時の旅路が蘇《よみがえ》る。

色んなことがあった。

一緒に旅をして、楽しかったこと、辛《つら》かったこと、喧嘩《けんか》したこともあったし……互いの魂が溶け合うような幸福な一時もあった。

それは故郷の世界に居た時から、何一つ変わらない。

グレンが居たから楽しかったのだ。

幸せだったのだ。

(もう、私は充分……充分よ……こんな悍ましい邪神が、これほどの幸福を得ることができた……これ以上に何を望むのよ……?

私という存在がグレンを永劫に苦しめ続ける。私には、もうその事実が耐えられないの
……だから……ここで、この世界でお別れ）

やめろ、やめろと悲鳴を上げるニグルスをガン無視して、ナムルスは両手の鍵の出力をさらに上げ、〝孔〟を押し広げていく……

（ごめんね、皆……グレンを任されたのに、私、不甲斐《ふがい》なくて……本当にごめん……

そして、さようなら、グレン。私の愛しい主様。

貴方は、私のような邪神の呪いに付き合うべきじゃない。人として幸せになるべきだから。今、貴方を解放してあげるから――）

自然と溢《あふ》れてくる涙を、ぽろぽろと零《こぼ》しながら。

（だから……さようなら……）

ナムルスが最後の一押しとばかりに、鍵に力を込めた――

まさに、その時だった。

「お前さぁ……やっぱ、バカだろ」

この場に聞こえるはずのない声が聞こえた。

次の瞬間、天より猛烈な極光がニグルスに向かって降り注いだ。

黒魔改《くろま》【イクスティンクション・レイ】の光だ。

その黎明《れいめい》のごとき眩き極光は、たちどころにニグルスだけを呑み込んでいき——

『ギャアアアアアアアアアアアアアアアアアアアアアッ！』

ニグルスという邪神の落し仔《ご》を、圧倒的に呆気《あっけ》なく、今度こそ完膚なきまでに、滅ぼすのであった。

「ぐ、グレン……？」

涙に濡《ぬ》れた目を向けてくるナムルスの隣へ、呆《あき》れ顔《がお》のグレンが降り立つ。

「ったく……お前が気付いてることに俺が気付けねえわけねーだろ？　バラバラに分離されて散らばって逃げられても面倒臭ぇから、寄り集まって形を成すまで泳がせておいたんだよ。

ま、それになんつーか……なんか、お前が凄まじく余計な気を回していそうな気がしていたからな」

「な、なんで……？　私、一言も」

「なんでって……そりゃ言葉なんてなくたって、何を考えているのかわかる程度にゃ、いい加減、お前との付き合いも長ぇし」

「………」

呆気に取られて硬直するナムルスへグレンが歩み寄る。

そして、グレンがゆっくりと右手を上げる。

ナムルスの力はグレンの物だ。ゆえにこの主様を差し置いての勝手な行動——叱られる、叩《たた》かれる。

ナムルスがそう思って思わず目を閉じて身を竦《すく》めていると。

「……バカ野郎」

グレンはナムルスを正面から抱きしめていた。

何が起こったかわからず、ナムルスは目を瞬《しばたた》かせている。

「お前……まさか、俺が永遠存在であるお前のために、どうしたっていつか独りぼっちになるお前を憐《あわ》れんで、お前に付き合ってやってるとか……そんな風に思ってたのか？　だとしたら本当にバカガキだな」

「ぐ、グレン……？」

「ンなわけねーだろ？　俺は〝ロクでなし〟だぜ？　いつだって、俺は俺のやりたいように、生きたいように生きる。俺自身が望み求める道を歩み続ける。

そこに、お前の意思なんて関係ねーんだ」

「……っ！」

「あの懐《なつ》かしい故郷の世界で……なんで俺がシスティーナでもなく、ルミアでもなく、リィエルでもなく、イヴでもない、お前を選んだかわかるか？

お前だからだよ。

あれから色々あって……俺自身の心と魂に向き合って……お前しかねえって確信したからだよ。

お前と一緒に、〝正義の魔法使い〟として永遠に歩み続ける。人を救い続ける。

それが俺という存在の真の望みであり、存在理由だとわかったからだよ。

だから、俺は……いや、違う。悪ぃな。もっと単純な話だったわ」

グレンは一旦、言葉を切って、ナムルスの両肩に手を置き、真《ま》っ直《す》ぐに見つめる。

そして、言った。

「俺は、お前のことを、一人の女として愛してるんだ。だから——黙って俺について来い。永遠にな」

「ぐ、グレ——」

驚いたようなナムルスの言葉は。

重ねられた唇によって封じられた。

「…………」

「…………」

しばらくの間、閑散とした戦場跡地に二つの影が重なり合う。

緩やかに流れる時。

心地好《よ》い静寂。

やがて、互いの全ての熱を交換するような口づけは、どちらからともなくそっと離れることで終わりを告げて。

「……バカ」

顔を真っ赤にして涙を浮かべたナムルスが開口一番、毒を吐いた。

「本当に、バカ。バカね。大バカ。

貴方《あなた》、今、自分が何をやったかわかってる？

私みたいな超絶厄介でクソ重たい女と縁を切るチャンスを、人に戻れる最後のチャンスを、永遠に棒に振ったのよ？　もう、底抜けのバカとしか言いようがないわね」

「お前という全宇宙最高の女が、俺の物になるなら、バカになるのも悪くねぇよ」

「……………………バカ」

そうぼそりと呟いて。

ナムルスが、正面からグレンに抱きつく。

言葉はきついが、ナムルスの顔はあり得ない幸福な夢を見るような表情だった。

もう二度と離れない、手放さない。

そんな意志を感じる精一杯の力を込めて、ナムルスはグレンを抱きしめ続ける。

「……いいわ、わかったわよ。貴方がそこまで言うなら……永遠に貴方を私という呪いに縛り付けてやる。永劫という名の鳥籠に閉じ込め続けてやる。

私、邪神だから。

これから先、貴方がどれほど後悔しようが、泣いて叫ぼうが、私はもう貴方を解放してなんかあげない。

二度と貴方を人間に戻してやろうなんてするものか。

貴方は永遠に私のものだし、私は永劫に貴方のもの。

世界エントロピーの臨界点……この全多次元連立宇宙世界の全てが終焉を迎えるその時まで……私は貴方と共に在るんだから……。

そう……私、貴方と共に……在っていいのよね……？」

そんなナムルスの問いに。

「望む所だぜ」

グレンは、ただ一言。

そう穏やかに応じるのであった。


――――。


そして――……

「やはり、行ってしまわれますのね、グレン様」

グレンとナムルスの旅立ちの日、見送りに来たエレアが、やや寂しそうに言った。

辺りに広がる無限の草原。

燦々《さんさん》と照らす眩《まばゆ》い太陽。

絶好の旅立ち日和を前に、グレンは申し訳なさそうに頭をかく。

「ああ……姫さんの申し出は、本当に嬉《うれ》しかったし、光栄なんだが……」

「ふふ、大丈夫です。私の方こそ、貴方を困らせてしまってすみません。

貴方という存在を必要としている世界はまだきっとある……私ごときが貴方を一世界に留《とど》めていいはずなかったのですから。それに……」

エレアはグレンの隣に寄り添うナムルスへ優しげに微笑《ほほえ》みかける。

「本当は……わかっていましたから。私の想《おも》いが叶《かな》うことはないって。だって、グレン様には……」

「……フン」

ナムルスが頬を赤らめて、そっぽを向く。グレンの手を、ぎゅっと握りしめ、グレンの身体《からだ》に身を寄せて。

「いつになるかはわからねーが……また来るよ、この世界に」

「はい。どうか私が生きている間にお願いしますね」

「ははは、善処するぜ。さて……」

グレンはあの日以来、やたら四六時中、常時べったりくっついてくるようになったナムルスを見る。

「そろそろ、行くか？　次の世界へ」

「そうね」

ナムルスが《銀と黄金の鍵》を取り出して頭上に掲げ、それを捻《ひね》る。

すると、この世界から別の世界へと通じる光の門が、大空の彼方《かなた》に開かれる。

開かれた扉から、眩い光がグレンとナムルスに向かって降り注いでくる。

「じゃあな、姫さん。またな」

「はい、グレン様、ナムルス様。二人のこれからの無限の旅路に、どうか祝福あらんことを」

最後の挨拶を交わして。

グレンとナムルスは、空に開かれた光の門へと向かって飛翔《ひしょう》する。

やがて、比翼の鳥のように寄り添い合う二人の姿は、眩い光の中に消えていくのであった――

「ところで、ナムルス。次の世界はどんなだ？」

「さぁ？　特に設定してない。ランダム？」

「お、おいおい。いい加減だなぁ」

「別にいいでしょ？　貴方と私、それこそ時間は無限にあるのだから」

「……そうだな。別に元よりあてがある旅じゃねえ。二人でのんびりゆっくり、歩いて行くか」

「そうね、私もそうしたい」

「ははは。しかし、何度世界の壁を超えても、これからの旅、どんな世界と出会いがあるのか、相変わらず楽しみだよな？」

「言っておくけど、浮気《うわき》は殺すから」

「しねえよ⁉」

そんなことを言い合いながら、天へ昇っていく二人。

やがて、二人が光の門の中へ、吸い込まれていく瞬間。

ナムルスはグレンを振り返って、まるで春風のような微笑を浮かべて言うのであった。

「グレン」

「なんだ？」

「これからも、ずっと一緒よ」

ルートＮＯ．01ナムルスＥＤ

ＦＩＮ

Ifo2. Eve Iggnite

紅焔公と影の英雄

《無垢《むく》なる闇》は滅び、永劫回帰《えいごう》するグレンの戦いは終わった。

これより始まるは、まったく新しき白紙の未来。

グレンが一体、誰と共に歩み、どんな未来を描くのか？

これは、そんな様々な可能性に分枝《ぶんし》する未来の姿の一つ——どこかにあるかもしれない並行世界の話である。


——。


「アルザーノ帝国の犬共に死を！」

「「「dれ5f6t2bq7yぬ5おmぴおv、いbygvんほうwmびえ～～～～ッ！」」」

そこは見るも悍《おぞ》ましき冒瀆《ぼうとく》的な戦場だった。

旧レザリア王国領ハイドリア平原。

広々とした荒野を、異形の怪物達が埋め尽くしている。

まるでグロテスクな深海魚を混ぜ合わせた汚泥《おでい》のような不定形の怪物だ。

それは三年前、世界の命運を懸けた大戦で人類が対峙《たいじ》した、とある邪神の眷属《けんぞく》たる《根》という怪物。

それが対峙する一軍へ、群れを成して迫ってきている。

その《根》の軍団を率いる司祭——ロータスはヒステリックに叫んだ。

「我らが誇り高きレザリア王国は負けてはおらぬ！　帝国の版図に組み込まれるなどあってはならぬ！

さぁ！　蹂躙《じゅうりん》しろ、我が信仰兵器達よ！　愚劣な劣等共を皆殺しにするのだぁあああああああッ！」

先の大戦で事実上、国政機能を完全に失ったレザリア王国は、アルザーノ帝国に統合する形で併合された。

国土が荒廃しきり、最早《もはや》、飢えて死に逝《ゆ》くしかないレザリア王国の生き残りの民を救うため、新たな国家——アルザーノ＝レザリア大帝国として生まれ変わったのである。

もちろん、文化や信仰の違い、過去の遺恨などから、当初は様々な混乱や軋轢《あつれき》が生じた。

だが、レザリア王国の聖エリサレス教皇庁の司教枢機卿《すうききょう》ファイスや、アルザーノ帝国女王アリシア七世の尽力により、徐々に沈静化。

最終的には両国民の多くに、この統合は受け入れられ、今は互いに過去の遺恨を忘れ、共に手を取り合って新しい未来を目指すことに落ち着いた。

だが、そんな未来に希望ある統合を未《いま》だ受け入れることができない過激派も存在する。

聖エリサレス教皇庁の過激派極右——故アーチボルト枢機卿の残党一派である。

どういう経緯か、彼らは先の大戦で猛威を振るった信仰兵器を行使運用する外法の一部を所持しており、その力を使って《根》を生産、操って各地でテロ活動を繰り広げていた

——

「ふははは！　死ね！　下賤《げせん》で愚劣な帝国の犬共！　劣等共に尻尾を振る王国の裏切豚共！

正しき義は、真《まこと》にレザリアの未来を思う烈士たる我らにあり！

さぁ！　我が《根》共よ！　今こそ世界に正義を示すのだ！

これは〝聖戦〟である！」

故アーチボルト枢機卿の残党一派の一人——ロータスの指揮によって、配下の《根》の軍勢が進軍を開始する。

対峙するのは、同じくハイドリア平原に展開した、アルザーノ＝レザリア大帝国東部方面駐屯軍。

旧・帝国軍と、旧・王国軍を統合して再編された師団であり、その練度は相当に高い軍である。

だが、信仰兵器たる《根》の相手はどうしたって分が悪い。まともにぶつかれば、壊滅は必至である。

しかし、この東部方面駐屯軍に撤退は許されない。

このハイドリア平原を抜かれれば、背後にある様々な旧・王国領の都市や村が、ひいては旧・帝国領が、悍ましい信仰兵器達によって蹂躙される。

民を守る軍人として、彼らは一歩たりとも退けないのだ。

「くそ……ッ！　互いに過去の遺恨を水に流して、これからだって時なのに……ッ！」

「すまねえな、帝国人。うちの負債処理に付き合わせちまってよ」

「関係ねえよ、今はもう同じ国の仲間だろ？　し、しかし、これはさすがに……無理か……？」

兵士達がもう目と鼻の先まで迫ってくる《根》の軍勢を前に、絶望の表情を浮かべる。

だが、〝死んでもここは通さない〟──そんな悲壮な覚悟で戦いに挑もうとしていた──まさにその時だった。

「──【第七園】ッ！」

戦場に凛《りん》と通る叫びと共に──《根》の軍勢の一角が壮絶に燃え上がった。
渦を巻いて荒ぶる真紅の焔《ほのお》が、大量の《根》を、瞬時に焼き尽くしたのである。

「な、何ッ!?」

「こ、この炎は、まさか──ッ!?」

絶望的な戦いに挑もうとしていた兵士達に衝撃が走る。
見れば──いつの間にか、平原北側に、新たな大部隊が展開されている。
その先頭に佇《たたず》むのは──

「「「わ、我らが大元帥《紅焔公《ロード・スカーレット》》イヴ＝イグナイト閣下!?」」」

「ば、馬鹿なッ!?　な、なぜあの女がここに──ッ!?　やつは南部前線に居たはずでは──ッ!?」

先の大戦における、英雄の中の英雄の唐突なる参戦に、兵士達もロータスも驚愕《きょうがく》する。

敵味方共に、動揺と困惑が収まらぬ中、イヴの魔術伝令が、東部方面駐屯軍各位へ電撃的に走る。

『兵士諸君、お勤めご苦労！　よく退かず、この場に踏みとどまった！　諸君らの命がけの勇気と覚悟に、私は掛け値なしの敬意を表する！

だが、死ぬ必要はない！　私が諸君らを死なせない！　さぁ、私に続け、憂国の強者共！　勝利と栄光は我が炎が照らす道の先にあり！』

イヴのそんな叱咤《しった》激励に、兵士達はしばらくの間、呆気《あっけ》に取《と》られたように静まり返って。

やがて――

「「「う、ぉ、ぉおおおおおおおおおおおおおおおおおおおおおおおおおおおおおおおおおおおおおッ！」」」

盛大な鬨《とき》の声《こえ》を上げるのであった。

先ほどまでの悲壮で絶望的な空気はどこへやら、もうすでに戦いに勝ったかのような熱気の昂《たか》ぶりである。

この最高潮に士気が高まった機を逃さず、イヴがその場の友軍各将校へ指揮を飛ばす。

一軍がまるでたった一つの生物であるかのように、完璧な連係と効率で軍事行動を取り始める。

あまりにも計算され尽くしたイヴの采配と戦術を前に、《根》の軍団はたちまち、か弱き獲物のように大帝国軍に食い散らかされていく――

「お、おのれぇええええ⁉ イヴ＝イグナイトォオオオオ⁉ おのれぇえええええええええッ⁉」

戦場の大喧噪《けんそう》の中に、ロータスの怨嗟《えんさ》の声が呑《の》み込まれていく。

戦力的な質では、数では、ロータスは圧倒的に勝っているはずなのに。

最早、勝てる未来がまるで見当たらないのであった。

そして、戦闘開始から僅か一時間。

案の定、大帝国軍はロータス率いる《根》の軍勢を一匹残らず駆逐しきってしまう。

大帝国軍側の被害は、当初の想定からは驚くほど軽微だったという――

――――。

近場の街――旧・王国領城塞都市ファイラルへと凱旋《がいせん》したイヴ率いる大帝国軍を、市民達は大歓声で出迎えた。

町の大通りを、戦勝凱旋パレードがゆっくりと進んでいく。

その先頭に立つイヴは、馬上から手を振り、周囲の拍手や歓声に応えている――

「あ、あれが《紅焔公《ロード・スカーレット》》イヴ＝イグナイト閣下か！」

「我らが大帝国の大元帥様か！」

「なんて凜々《りり》しいんだ……ッ！」

「そして、美しい……ッ！」

「常人とはオーラが違う……ッ！」

「そして、聞きしに勝る強さ……まるで炎の鬼神よ……ッ！」

「当然さ！　なにせあの御方は先の大戦の英雄様達の一人なんだからな！　あの人が居なかったら、空の戦いの決着前に世界が滅んでいたんだから！」

民衆達は一目イヴの姿を見ようと、大挙して大通りに押し寄せている。

「しかし……どうして、イヴ様はこんな場所に駆け付けられたのだ？　確か、今、南部戦線を自ら陣頭指揮で維持しておられたはずでは？」

イヴがもて囃《はや》されることが、まるで自分のことであるかのように兵士達が誇りにしつつも、誰かがぽつりと疑問を口にした。

「今回のロータスの奇襲は、完全にノーマークであったはずだしな……だからこそ、我々も死を覚悟したわけだが……」

「バッカ！　お前ら知らないのか⁉　イヴ閣下には〝影の英雄〟様がついているんだぞ⁉」

「〝影の英雄〟？　それって、まさか……？」

「そう！　あの空の最終決戦の英雄——グレン＝レーダス！　現・世界最強の魔術師様だ！」

事情通の兵士が得意げに言った。

「あの人はな……あの戦い以来、軍から一線を引き、歴史の表舞台からは姿を消した……

だけど、イヴ閣下直属の懐刀《ふところがたな》として、今もなお舞台裏で大活躍中なんだよ！」

「なっ⁉　ということは、今回の戦いは、まさか――ッ⁉」

「そうだよ！　密偵として各地で密《ひそ》かに動き回っているグレン様が、事前に旧アーチボルト一派の動きを完璧に摑《つか》んだのさ！　お陰で、イヴ閣下が間に合ったんだ！

イヴ閣下の勝利と栄光のロードの陰に、常にグレン様ありってね！　帝国じゃ結構有名な話だぜ⁉」

「な、なんと……」

「それに、グレン様はイヴ閣下の護衛も務めていてな……〝その影が寄り添う限り、その紅《あか》き巨星は墜《お》ちぬ〟とまで言われてる。

現に、今までイヴ閣下は、敵対勢力の暗殺者に何度も狙われたけど、その悉《ことごと》くをグレン様が退けてるんだ。

イヴ閣下もよほど信頼しているのか、グレン様以外の護衛をまったくつけてないそうだ」

「ほえ〰〰、凄《すご》いコンビだ……」

「なんて凄《すさ》まじい二人だ……」

「イヴ閣下……グレン様……あの二人がいる限り、この国の未来は明るいのう……」

「まったくだ！　俺は大帝国軍人として、一生イヴ閣下についていくぜ！」

勝利に浮かれた兵士達の話題は、盛り上がりに盛り上がっていく。

そして、英雄の中の英雄、あまりにも自分達からは遥《はる》か遠《とお》き雲の上の憧れの存在であるイヴに対し、様々な想像が広がっていく。

「しっかし……イヴ閣下って、普段はどんな人なんだろうな……？」

「バカ野郎！　あの人は、大帝国軍のトップなんだぞ⁉　英雄の中の英雄なんだぞ⁉」

「それはもう世界一高潔で、立派で気高く、そして誇り高き軍人の鑑《かがみ》に決まってるだろう⁉」

「しかも、あのフリーダムで知られるグレン＝レーダスが、これまで入れ込んで忠誠を誓ってる御方なんだぞ⁉　最早《もはや》、女神だよ！」

兵士達のイヴに対する崇拝じみた想像力は、どこまでも尽きることを知らないのであった。

「「「ああ……イヴ閣下……素顔の貴女《あなた》は一体、どんな人なのだろうなぁ……？」」」

――――。

――城塞都市ファイラルのアクトヴァルド迎賓館。

大帝国軍の上級将校達に割り当てられたその城館の、イヴの個室にて。


「あ、あの～？　イヴ閣下？」

「………むぅ～……」


今回の密偵任務から帰還し、報告にやって来たグレンは辟易《へきえき》していた。

グレンが入室するや否《いな》や、不機嫌そうにほっぺを膨らませたイヴが、グレンの背中から腕を回して、猛烈に抱きついてきたのである。

もう二度と離さない……そんな勢いで、ぎゅっと抱きしめ、ピッタリとグレンの背中に密着しているイヴ。

グレンがやんわりとそれをほどこうとするが、イヴはさらに抱きしめる腕に力を込め、グレンを離さない。

そんなこんなで、かれこれ十分。

イヴは何も言わず無言で、グレンにくっつきっぱなしで、まったく埒《らち》が明かないのであった。

「ええと……その、イヴ閣下？　俺、いつまでこうしていれば？」

話がまったく進まないので、頬をかきながらそんな風に切り出すと。

「閣下やめて。イヴって呼んで」

イヴがグレンの背中に顔を押しつけながら、不機嫌そうに言った。

「わ、わかったよ……おい、イヴ。いつまでこうしてりゃいいんだ？

今回の任務について、色々とお前に報告せにゃあならんことが、山とあるんだけどな？」

「……うるさい。報告なんかどうでもいい」

つん、とイヴが突っぱねる。まるで拗《す》ねた子供のような口調だ。

「ど、どうでもいいって、お前……」

「とにかく、もうしばらくこうしていなさい。命令よ、命令」

「命令って、お前さぁ……」

「何？　私に……アルザーノ＝レザリア大帝国軍の大元帥様に逆らうわけ？　貴方《あなた》は私の部下なのよ？　部下が上司の命令を聞けないなんて、一体、どういう料簡《りょうけん》？」

「いやまぁ、そう言われちまうと、そうなんだけどよ……さすがにそれは職権乱用じゃねーか？」

「いいの。どうでもいいの。だって、貴方にしかやらないんだから」

つーんと言い捨てて、イヴはグレンへさらに、ぎゅぎゅぎゅ〜っと、力を込めて抱きついてくる。

ああ言えば、こう言う。まるでワガママなお子様だった。

「あのさぁ、俺もお前もまだ、色々と忙しいだろ？　いつまでもこんなことしてる場合じゃ……」

「どうでもいい。これが今の私と貴方の最優先任務だもの」

「…………」

「……脳、溶けてないか？　お前」

「もうとっくに溶けてるわよ。主に貴方のせいで」

「三日、貴方に会えなかった。クソどうでもいい敵の偵察任務とかで」

「たった三日じゃねーか」

「三日も、よ！　私の中では気持ち三十年くらい経《た》ってるわよ⁉」

「そこまでかよ⁉」

「このロクでなし……ッ！　私を三日間も独りぼっちにするなんて！」

「お、お前が俺に偵察を命じたんだろうが！」

「わかってる！　そんなのわかってるのよ！　でも、それとこれとは話が違うのよっ！」

「理不尽にも程がない⁉」

「ぁあああああ〜〜〜っ！　もうヤダ、こんな生活ぅ〜〜〜っ！　ことあるごとに、いちいちいちいち貴方と離れ離れにならなきゃいけないこんな生活なんてぇ〜〜〜っ！」

イヴがグレンを抱きしめながら、ブンブンと首を左右に振った。

「もう、仕事やめたい！　もういいじゃない、大元帥なんて！　私以外の誰かに任せても、なんかこう適当に回るでしょ、どうせ！」

「回るわけねーだろ！　今の人材不足の大帝国で、お前以外の誰に務まるんだよ、そんな大役⁉」

「それもわかってるけど！　もうヤダヤダヤダヤダヤダヤダっ！　嫌なものは嫌なのぉ〜〜〜〜ッ！」

そんな風に、イヴは涙目で、グレンの背中で駄々っ子のようにグズり始める。

グレンはそんなイヴの様子に、ため息を吐《つ》くしかなかった。

（はぁ〜、ったく……どうして、アレがこうなったんだか……）

かつて、帝国宮廷魔導士団特務分室において、上司と部下の関係であったイヴとグレン。

クールで冷徹、ただひたすら戦果と効率のみを重視する現実主義者。鋼鉄のエリート女軍人。

当時は互いの主義主張的にも、性格的にもまったくウマが合わず、グレンとイヴは顔を合わせれば悪態を吐き合う不倶戴天《ふぐたいてん》の敵同士であった。

セラが殉職する件があってからは、その関係はさらに冷え切っていた。

イヴのことを殺してやりたくなるほど憎んでいた時もあった。

もういかなる奇跡があろうが、二人の道が交わることはない……それほどの関係性だったのだ。

（だけど……起きちまったんだよなぁ……奇跡……）

あの世界の命運を分けた、空の大戦……《無垢《むく》なる闇》との最終決戦が終了した後、色んなことがあった。

平和で楽しい時間は、飛ぶように流れていった。

やがて、システィーナら教え子達が無事に立派に学院を卒業して。

役目を一通り終えたグレンも、自身の将来について、色々と真剣に悩んで考えて。

色々と紆余曲折《うよきょくせつ》あって……ふと、気付いたら。

（俺は……こいつの隣に居た。こいつと共に未来を歩む道を選んでいた。いつの間にか、あれほど憎かったこいつが、俺の中でとてつもなく大きくなっていたんだよな。

こいつと共に未来を歩みたい。こいつの創り出す未来を見てみたい。こいつのことを支えてやりたい……そう思ってたんだよな……）

人生わからないものである。

（白猫やルミア達からも、イヴのことを任されちまったし……俺自身、こいつと共に未来を歩む選択に、何一つ後悔はねえんだけど……ただ、一つ問題があってなぁ……）

グレンが首を回し、ちらりと背中のイヴを流し見る。

「もうヤダぁ〜〜〜っ！　毎日、貴方とイチャイチャスリスリしながら過ごしたい〜〜〜ッ！　貴方に頭ナデナデしてもらいながら暮らしたい〜〜〜ッ！

いちいち貴方と一緒に過ごす時間が削られるこんな仕事なんか、もう嫌ぁ〜〜〜っ！」

（……こいつ、本当にあのイヴか？　まったく本当に、どうしてアレがこうなったんだか……）

最早、グレンはため息を吐くしかなかった。

（まぁ、正式に将来を誓い合う以前から薄々思ってたんだが……イヴのやつって、男ができると途端、ダメになるタイプの女だよな……）

とはいえ、普段のイヴは人前ではしゃんとしている。

大帝国軍の誰もが幻想する完璧で理想の英雄を完璧に務めきっている。

人前では隙や弱みなど微塵《みじん》も見せない。まさに人類の守護神、最強無敵の大元帥様だ。

ただ、グレンと二人きりになると途端、コレである。

そんなイヴをちょっと可愛《かわい》いと思うのは事実だし、グレンとて満更でもないが、かつての凛々《りり》しく隙のないイヴを思うと少々複雑な気分でもある。

（ま、それ含めて、こいつを支えてやると誓ったしな）

というわけで、グレンはいつものように、グズるイヴの説得にかかるのであった。

「わかった、わかった！　ほら、落ち着け、イヴ！　よく考えてみろ、旧アーチボルト一派の起こしたこの東部紛争はもうすぐ終息するだろ？」

「まだ一ヶ月くらいかかるもん……」

「あのな、この規模の紛争をたった一ヶ月で収めるなんて、歴史的偉業にも程があるからな？

それはさておき、この戦いが終わったら、帝国と王国の統合の際のゴタゴタは完全に決着するだろ？

つまり、もう当分の間、世界は完全に平和だ！　お前のおかげでな！」

「……もっと褒めて」

「え？　あっ、はい。うん、よくがんばった、イヴ！　凄《すご》い！　偉い！　さすが俺の恋人！」

「惚《ほ》れ直した？」

「惚れ直した！　で、話の続きだけどさ、平和になったら長期休暇でも取ってさ、しばらく二人でのんびりしようぜ⁉」

「…………」

「なんだかんだ軍の仕事が忙しくて、今まで恋人らしいこと、あんまできなかったからな！

二人で色々とデートするのもいいんじゃないか⁉　帝都の美味《うま》い店を回ったり、買い物したり……そんな感じでのんびりとさ！」

「…………」

「なんだったら、二人でどっか旅行へ行ってもいいだろ？　俺、スノリアのホワイトタウン市長と知り合いでさ、最高級ホテルのスイートルームにフリーパスなんだよなぁ⁉」

「…………」

「お前が望むことは、俺、なんでもやるからよ！　ほら、もうちょっとだけがんばって仕事しようぜ、な⁉」

するると、今までジト目の涙目で押し黙っていたイヴがぼそりと口を開く。

「……久しぶりに、貴方が作ったキノコのシチューが食べたい。……作ってくれる？」

「作る！　作る！　そりゃもう、いっくらでも作らせていただきます！」

「四六時中、所構わずイチャイチャスリスリしていい？」

「そりゃもう好きなだけ！」

「……頭、ナデナデしてくれる？」

「ハゲるまでやってやるさ！」

「…………」

すると、再びイヴはしばらくの間、押し黙って。

「…………わかった、仕事するわ。嫌だけど」

そう不服そうに呟《つぶや》くのであった。

（……やれやれ）

盛大にため息を吐くグレン。

最近は、こういうイヴを説得してやる気を出させるのも、グレンの重要な仕事である。

なにせ、今、イヴが働かなくなったら、アルザーノ＝レザリア大帝国崩壊の危機だ。イヴの存在で野心を抑えつけられている敵対勢力も大勢いる。イヴがいなくなれば、群雄割拠の戦国時代へ突入しかねないのである。

（あれ？ ひょっとして俺って、世界の危機を紙一重で防いでる感じ？）

グレンが痛む頭を押さえていると。

ぐいっ！

イヴがグレンの身体《からだ》を半回転させ、正面から向き合った。

互いの吐息が感じられるほどの至近距離で二人が見つめ合う。

「お、おい……イヴ？」

「貴方《あなた》の約束はわかったわ。色々楽しみにしてる。でも……」

顔を真っ赤にしたイヴが、まるで噛《か》みつくようにまっすぐグレンを睨《にら》み付《つ》けてくる。

「約束の前借り、もらうから」

そのまま、イヴは耳にかかる髪をかきあげてから、グレンの顔を両手でしっかりはさみ込み、目を閉じ、軽く背伸びをして、ゆっくりと顔をグレンへ近づけていって——

「ちょ——おい、イヴ⁉ 待て！ 待てって⁉」

慌てるグレンを無視して、イヴがまさにグレンと唇を重ねようとしていた……その時だった。

「……で？　いつまで続くの？　この甘ったるい茶番」

突然、第三者の女の呆《あき》れかえったような声が室内に響き渡って。

ビュン！　イヴが光速でグレンから壁際《かべぎわ》まで離れていった。

「い、イイイ、イリアぁああああああああ!?」

いつの間にか部屋に居たのは、イヴの母親違いの妹にして副官、執行官ナンバー18

《月》のイリアであった。

「だから言ったろ、待てって……」

「あ、あ、あ……貴女《あなた》、いつからここに!?」

「そりゃー……寂し過ぎて発情しちゃった室長様が、グレンが入室するや否《いな》や、いきなり

抱きついたとこから？」

「ほぼ最初からじゃない!?」

イリアの明かす衝撃の事実に、イヴが頭を抱えて叫ぶ。

「な、なんで居るって言ってくれなかったのよ!?」

「いや、普通気付くだろ……そもそも俺、イリアと一緒に、ここへ報告にやって来たんだしよ……」

「視野狭窄《きょうさく》にも程がある。どんだけグレンLOVEなの、イヴ姉さん」

「ぁあああああああああああああああああああああぁ〜〜ッ！」

頭を抱えて、床をゴロゴロ転げ回り始めるイヴの図。

これが今、アルザーノ＝レザリア大帝国の、そして世界を背負い立っている英雄の中の英雄の姿である。

「あはは〜、グレン義兄《にい》さんも大変だねぇ？　こんな色ボケ拗《こじ》らせ女の面倒見なきゃいけないなんて」

イリアが皮肉げに薄ら笑いを浮かべながら肩を竦《すく》める。

「この歳《とし》まで恋愛経験ゼロ。色々拗らせまくった分、その反動がもう滅茶苦茶《めちゃくちゃ》だよね、イヴ姉さんって」

「それはまぁ……うん、そだな。俺もちょっと引くレベル」

「うぁあああぁぁぁあああああああぁぁあああぁ〜〜っ！」

「でも、グレン義兄さんも大変だろうけど、妹の私も大変なんだから。

毎日毎日、義兄さんとの惚気話《のろけ》を延々と聞かされ続けて……おかげで寝不足で……ふぁ

～、かったる」

「よし！　かかって来なさい、イリアァアアアアア！　貴女は国家反逆罪と不敬罪で、即刻燃やしてやるわぁあああああああ⁉」

両手に壮絶な炎の魔力を溜《た》めてジタバタと暴れるイヴを、グレンが呆れ顔で羽交い締めにして押さえつけた。

「ま、そんなクッソどーでもいいことはさておいて、さ」

イリアがそんなイヴを軽くあしらいながら、話を続ける。

「任務の話、しよっか。ちょっと気になる情報が入ったから」

そんなイリアの言葉に。

「……！」

これまでの醜態が嘘《うそ》のように、イヴの表情が引き締まるのであった――

――。

「……北部のアリストテラで、《主根》クラスの信仰兵器召喚計画？」

「ええ。追い詰められた旧アーチボルト一派が、我々大帝国軍に一矢《いっし》報いるため、そこでその大がかりな魔術儀式の準備を進行しているのは間違いないみたいね」

イリアが、イヴが席についている卓上に、ばさりと各種資料の束を叩《たた》きつける。

それは、人や資材や流通の流れ、様々な手段での情報収集の結果を纏《まと》めたものであり、それがイリアの結論の正しさを証明している。

「ま、厄介なことね。あの《根》の《主根》の召喚なんて……まるで、先の大戦の再来だよね」

イリアが皮肉げに口《くち》の端《は》をつり上げて笑う。

そう。先の大戦でも、世界連合軍は信仰兵器——無数の《主根》と、死闘を繰り広げたのだ。

あの見るも悍《おぞ》ましき冒瀆《ぼうとく》的で強大なその異形の怪物——記憶を振り返るだけで魂に寒気が走るが。

「……ハッタリだわ」

イヴは断言した。

「末端の《根》ならまだしも、《主根》級の召喚使役なんて、それこそ天の智慧《ちえ》研究会の《大導師》や、ジャティス゠ロウファン級の魔術師でないと無理よ。今の旧アーチボルト一派に、それほど高位階な魔術師なんて居るわけがないわ」

「うん、居ないわね。99％」

イヴに否定されたというのに、イリアがあっさりと首肯する。

「だけど——無視できる？　我らが大元帥様？」

「…………」

挑発するようなイリアの物言いに、イヴが組んだ手を口元に当てたまま神妙に押し黙る。

「万が一、億が一、兆が一、儀式を実行できる魔術師が敵側に存在したとしたら？　小規模とはいえ、先の大戦の再来だよね？　一体、どれほどの犠牲が出るかなぁ？」

すると、イヴが重々しく口を開いた。

「北部のアリストテラは複雑に入り組んだ辺境の山岳地帯よ。そして、霊脈《レイ・ライン》が複雑に絡《から》み合《あ》い、儀式に適した場所は無数に存在する地域でもある。

つまり、今から戦力を割いて北部へ進軍をしても、その儀式場所を割り出すのに多大な時間がかかる」

イヴがイリアの報告書を手に取り、パラパラーッと、もの凄い勢いで流し読みしていく。

「繰り返すけど、私はまず間違いなくハッタリだと思ってる。

その証拠に、この程度の諜報《ちょうほう》活動でそんな大それた計画を割られる管理の杜撰《ずさん》さ。計画をこちらにあえて知らせようとしている意図が丸見えね。

しかもあえて、儀式場所にアリストテラを選択した点。私達に一矢報いる戦術的には、他にもっと守るに堅く、かつ直接こちらに圧を利《き》かせられる場所がいくらでもある。さりとて、イリアの言う通り無視はできない。無視をするにはあまりにも計画の内容が物騒過ぎる。

これは典型的な示威デコイだわ。こちらの戦力を分散させるためのね」

「あらら……すっかり頭ピンク色に染まりきっちゃって、もうダメかなぁ～とか思ってたけど、ちゃあんと頭回ってるじゃん？　あー、ツマンネ」

イヴの冷静な判断に、イリアが残念そうにため息を吐《つ》いた。

「で？　どうするわけ？　大元帥様。まだ旧アーチボルト一派は、南部一帯にたっくさん潜伏していて、我々大帝国軍に一泡吹かせようと手ぐすね引いて待ち構えている状態。隙を見せれば、すぐにでも《根》の軍勢を率いて攻めてくる……そんな状況で、大元帥様はどう采配するのかなぁ？」

「……決まってるだろ。こういう時のために、俺が居るんだからよ」

すると、イヴの代わりにグレンが答えた。

「俺が動く。俺が一人で北部に潜伏している旧アーチボルト一派の潜伏場所を割り出し、ぶっ潰してやる。イヴは南部の戦況に集中すりゃいい。それが最適解だ」

「……ダヨネー」

イリアが肩を竦めた。

「現・大帝国軍最強の魔術師――ワンマンアーミー・グレン義兄さん。

この北部の予想戦力と潜伏状況から察するに、グレン義兄さんに単騎で対処させるのが戦術的に一番、効率良いよね。

ハイハイ、わかったよ。北部への侵入経路や必要物資は、今すぐ私が手配するから――……」

と、グレンとイリアが今後の戦略について二人で相談を始めると。

「駄目よ」

その時、イヴが強くそれを却下してきた。

「……イヴ?」

「グレンは北部には向かわせない。その采配には、致命的な戦術的落とし穴が存在するから」

イヴの目はどこまでも鋭く、氷のようだった。

そんなイヴの様子に、グレンもイリアも、背筋に薄ら寒いものを覚えながら、押し黙る。

「ふ、ふうん……？　さすがね、姉さん。どうやら、私達に見えてないものが見えてるみたいだね」

「ああ、そうみてーだな。教えてくれ、イヴ。その戦術的落とし穴とは一体、なんなんだ？」

「フン……そんなこともわからないの？　二人共」

イヴが嘲るように鼻を鳴らし、威風堂々と言い放った。

「もし、グレンが北部に向かったら……その間、誰が私の頭を撫《な》でてくれるわけ？」

「「…………」」

たっぷりと三十秒くらい、グレンとイリアの二人が沈黙して。

「義兄さん。北部の敵一派の潜伏場所と予想儀式場所を、リストアップしておいたよ。こと、ここ……ここもキナ臭いかな」

「ほう？　となると、キラアン－ロイター経由で北部入りした方がいいな」

「敵に感づかれる可能性が高いけど、ま、義兄さんなら余裕っしょ。各種必要な手配は私がやっておくから……」

イヴをガン無視して、作戦会議を始めて。

「ちょちょちょちょちょ、待ちなさいってば、貴方達《あなた》ぃいいいいい⁉」

　イヴがそんな二人を慌てて止めに入るのであった。

「わかってるの⁉　これ以上、グレンが私の傍《そば》に居なかったら、寂しさによる禁断症状で正気を保てず、もう戦場指揮をしくじりかねないのよ⁉　本気で事態は深刻なのよ⁉」

「深刻なのは、お前の頭だ」

「義兄さんは麻薬か何かか」

　ジト目で心底呆《あき》れ顔のグレンとイリア。

「と、とにかく貴方達の付け焼き刃的な作戦より、もっといい作戦を大元帥たるこの私が提案してやるわ！

　ええと！　そう！　私も一緒に行く！　グレンと一緒に北部へ行く！」

「大元帥のお前抜きで南部の戦況はどうすんだ、バカ野郎」

「旅行やデートじゃないんだから」

　イヴの提案を、冷たく一蹴するグレンとイリア。

「じゃあ、特務分室の連中をここに今すぐ全員呼びなさい！　そいつらに北部を蹂躙《じゅうりん》させればいいじゃない！」

「アルベルトも、バーナードも、クリストフも、リィエルも、エルザも、ルナも、今それぞれの任務で世界中を飛び回っている最中だろうが！」

「さすがに皆、怒るだろうなぁ……自分がグレンと一緒に居たいがために、遠くからはるばる召還されたら」

どこまでも呆れ果てたような目で頭を抱えて葛藤するイヴを流し見るグレンとイリア。

「くっ……一体、私はどうしたらいいわけ……ッ⁉　こんなに絶望的で困難な采配……『炎の一刻半』、『フェジテ最終防衛戦』以来だわ……ッ！」

「この国はもう駄目かな」

「この国はもう駄目だね」

最早《もはや》、ため息しか出ないグレンとイリアであった。

「とはいえ、作戦の実行には大元帥の執行許可が必要で、本気で姉さんに拒否られたら無理だし、このままじゃ大元帥の権限で本当に特務分室のメンバーが召集されちゃうよ……」

「さすがにアルベルト達が可哀想《かわいそう》過ぎる……バカに権力持たせるなと、あれほど」

「まったくね。そこで義兄。私に一計あるんだけど。耳貸して？」

イリアがグレンの耳に、ごにょごにょと耳打ちする。

その内容とは——……。

「えー？　なんかそれ、死亡フラグみたいで嫌だなー」

「とはいえ、今、このダメ姉をなんとかする手はそれしかないっしょ。なんか不良債権を押しつけてるみたいで、微妙に心苦しいけど」

「そこまでは言わねえが……まぁ、しゃーねえ、遅かれ早かれ、か」

すると、グレンはため息一つ、覚悟を決めたように、現在進行形で頭を抱えて喚《わめ》きながら机に突っ伏しているイヴの前に立つ。

そして、こう言った。

「イヴ。今回の一件が終わったらさ……俺達、正式に式を挙げないか？」

「……ッ!?」

突っ伏したまま、一瞬で耳までイヴが紅《あか》くなる。

「俺達、なんだかんだ惰性でそういう関係になっちまったけどさ……そろそろきっちりケジメつけようぜ？」

「…………」

「そのためには、一刻も早く今回の紛争収めねえとな？　だったら、もっとも確実で効率のいい采配……当然、お前ならわかるよな？」

　すると、机に突っ伏していたイヴがもぞりと頭を動かして、涙目でグレンを見上げる。

「ドレスとか……式場とか……全部、私が選んでいい……？」

「ああ、いいぞ」

「あ……やっぱ、ドレスは……貴方と一緒に選びたい……」

「はいはい、わかったわかった、一緒に考えような」

「でも、指輪は……別に高くなくてもいいから、貴方が選んで……」

「わぁったよ……凄《すげ》ぇの選んでやるから期待してろ」

「あと、プロポーズ……後でやり直し……どっかの高級ホテルのレストランとか、景色のいい高台とかで……」

「はいはい、わかった！　やり直します！　約束します！」

「で、でも、子供は……その……まだしばらくは……仕事あるし……もう少し貴方と二人きりで居たいし……」

「わかった！　わかったって！　なんでも、お前の好きなようにさせてやるから！　小っ恥ずかしいこと、堂々と言うなって！　イリア見てんだぞ！」

「むぅ～～～～……」

しばらくの間、どこか不機嫌そうにむくれながら、グレンのことを睨《にら》み上げ続けるイヴ。

でも、その目は潤んでいて。

やがて、グレンの単騎北部出陣が正式に決定することになるのであった——

——。


——南部の某所。

旧アーチボルト一派の根拠地、作戦会議室にて。

「なんなんだッ！　あの女はッ！　確実に勝っていたはずなのに、完璧にひっくり返されたッ！」

一派の首魁《しゅかい》ロータスが、唇をわななかせながら卓上を叩《たた》いていた。

その場に集うのは、今は両国民の誰もが望まぬアルザーノ＝レザリア大帝国からのレザリア独立を目指してテロ活動を繰り返す、旧アーチボルト一派の重鎮——旧王国の聖エリサレス教皇庁の高位司祭や貴族達。

だが、レザリア紛争戦線にイヴ＝イグナイトが参戦して以来、連敗に続く連敗で、最早完全に敗色濃厚となり、誰も彼もがお通夜《つや》状態である。

「しかも、この期《ご》に及んで、大帝国軍は戦力を少しも北部のアリストテラへ割こうとしないではないか！

まさか、我らの示威デコイ策を、完全に見切っているというのか⁉」

「この戦況で軍勢をまったく動かさないということはそうでしょうね……」

「強過ぎるだろう⁉　単騎の一戦力としても、戦術家としてもッ！　クソッ！　これが先の大戦の英雄――イヴ＝イグナイトかッッ！」

すると、一派の重鎮達が頭を抱えて卓上に突っ伏し、嘆き始める。

「もう終わりだぁ……」

「もう勝てるわけない……降伏しましょうよ……」

「ええい！　貴様らにレザリアの誇りはないのか⁉　あの異教の異端者共に屈しろと⁉」

「でも、実際問題どうするんです？　この戦況」

重鎮達の一人が、卓上の戦況図を指さす。

イヴ率いる大帝国軍は、北部をガン無視で、旧アーチボルト一派の根拠地をぐるっと完全に包囲している。

ド素人《しろうと》でもわかる完全な〝詰み〟である。

「いやぁ、敵ながら見事な軍捌《さば》きですなぁ。彼女、軍略家としては、ルヴァフォース史上最強なのでは？」

「こんな化け物に逆らおうとしてたなんて、もう自分達のバカさ加減に笑うしかありませんね、あっはっは！」

「笑ってる場合かッッッ⁉」

バン！　と、ロータスが卓上を叩いた。

と、その時、血相を変えた部下が、その場に駆け込んでくる。

「報告します！　北部の拠点各地に潜伏待機していた別働隊が、次々と撃破されていますッッッ！」

「な、何⁉　イヴは、やはり戦力を割いていたのか⁉　ならば好機！　この包囲には、どこか必ず戦力不足となった隙があるはず……ッ！」

「い、いえ……単騎ですが。その……ええと……あの人です。グレン＝レーダス……世界最強の魔術師で……先の大戦で空に挑んだ英雄の……」

「「「…………」」」

しーん。

しばらくの間、その場が虚無に静まり返って。

やがて、重鎮達が虚無の表情で、揃《そろ》って立ち上がった。

「……逃げよう」

「無理でしょ、こんなん」

「待て待て待て待てぇえええ!?」

ロータスが、解散し始める重鎮達を慌てて引き止める。

「ま、まだ逃げるなぁあああ!? 私を置いていくなぁあああ!?」

「どうしようもないでしょ、コレ！」

「蟻《あり》が何匹集まっても、竜二匹に勝てるわけねぇーだろ！」

「だ、大丈夫だッ！ 策だッ！ 私には必勝の策があるのだッ！ まだ十分巻き返せるッ！」

完全に負けムードな重鎮達を引き止めるために、ロータスはそんなことを言い始めた。

「……策ぅ？」

「そんなん、あのイヴ＝イグナイトに効くんですかぁ？」

「まーた、今までみたいに裏の裏の裏のそのまた裏までかかれて、一方的に蹴散らされるだけでは？」

「いや、この策は効くッ！ あのイヴ＝イグナイトだからこそッ！」

それは――ロータスが摑《つか》んだ、イヴ＝イグナイトに関する、とある極秘情報であった。

これを上手《うま》く使えば、あのイヴ＝イグナイトを撃破することすら可能になるはず。

そして、それを利用するには今が絶好の好機。今しかないのである。

だが――

（ぶっちゃけ……私もマジでぇ？　って思っている……まさかあのイヴ＝イグナイトに限って、そんなことあるかぁ……？　嘘《うそ》臭ぇ……）

ロータス自身、正直、その極秘情報については半信半疑どころか、無信全疑である。

だが、今、自軍の崩壊を避けるにはもうこれに縋《すが》るしかない。

（ええい、ままよ！　もうどの道、この戦いは敗色濃厚！　どうせ負けるならやってやるわぁあああああああああああああっ！）

こうして、悲壮な覚悟を固め、ロータスは最後の戦いに挑むのであった。


――――。

その日、イヴ率いる大帝国軍と、ロータス率いる《根》の軍勢は真っ向からぶつかり合った。

《根》の軍勢は、それ単体が強力な戦力ではあるが、やはりいつものように、イヴの巧みな軍捌きが、それを軽くいなし、次々と掃討していく。

たちまち優勢に戦いを運んでいく大帝国軍。

すでに戦いの趨勢《すうせい》が決まった頃――戦場のド真ん中で、両軍の将イヴとロータスは対峙《たいじ》したのであった。


「フ……こうして直接相対するのは初めてだな、イヴ＝イグナイト」

「……フン」

周囲が戦いの混沌《こんとん》と狂騒に渦巻く最中、イヴが静かに告げる。

「降伏なさい。最早《もはや》、貴方《あなた》達に勝ち目なんかないわ」

「それがなぁ……あるのだよ。例えば今ここで、貴様を討ち果たせばどうなるかなぁ⁉」

ロータスが、もう完全に虚勢で笑ってみせる。

「貴様さえ倒せば、我らの《根》の軍勢が負けるはずがない！　巻き返しは十分に可能なはずだッ！」

「倒せば、ね。でも……それが貴方にできると思う？」

イヴが軽く集中し、全身に炎の魔力を纏《まと》う。

文字通り桁違いの炎の魔力を。

(あ、コレだめだ、勝てん。無理)

と、瞬時にロータスに確信させるほど、魔術師としての実力に懸絶した差があった。

(でも、やるしかないッ!)

ロータスは、ここで件《くだん》の策を実行することにした。

ぶっちゃけ、未《いま》だこんな策がイヴに——あの鬼神の如《ごと》き《紅焔公《ロード・スカーレット》》に、効くなんて到底思えない。

思えないが、もう蜘蛛《くも》の糸に縋る思いでやるしかなかった。

「フ……ところで、少し無駄話をしようか……」

ロータスが懐《ふところ》から、準備していたとある物品を取り出し、それをイヴの前に放った。

それは——イヴがよく見知っている古式回転拳銃《パーカッション・リボルバー》——グレンの愛銃だ。

「…………」

それを冷ややかに流し見るイヴへ、ロータスが氷のように嗤《わら》って言い放った。

「貴様の懐刀《ふところがたな》——グレン゠レーダスと言ったかな?　残念だったなぁ、彼奴《あいつ》は我らの同胞が討ち取ったぞ?」

そんな様子を《根》を掃討しながら遠巻きに眺めていたイリアが思った。

（呆《あき》れた。バッカじゃないの……ハッタリにも程がある……）

あのグレンを旧アーチボルト一派の連中がどうこうできるわけないし、よしんばどうこうできたとしても、この戦況は最早、どうしようもない。

それにグレンの古式回転拳銃《パーカッション・リボルバー》は有名だ。偽造なんて容易《たやす》い。

（大方、それでイヴ姉さんの動揺を誘おうという魂胆だろうけど、なんだかんだで生粋の軍人である姉さんが、リアルな戦場において、この程度で動揺するとでも――）

「ば、ババババ、バカね、あ、あ、あああああ、あのグレンががががが、貴方達如きに、ま、ま、負けるわけががが――」

（めっちゃ動揺してる――ッ!?）

イリアは頭を抱えた。

見れば、イヴは顔を真っ青にして涙目になっており、全身がぶるぶる震えていた。

「ふ、フハハハハハッ！　その様子だと、グレン＝レーダスが居ないとポンコツになるという、あの眉唾ものの極秘情報は正しかったようだなぁあああああ!?（マジかよ……）

今こそ我らが勝利の時、イヴ＝イグナイト覚悟ぉおおおおッ！」

これ好機とロータスが魔力を高め、イヴに向かって、火球、雷撃、爆圧と様々な魔術を振るって襲いかかる。

「……くっ⁉」

イヴもすかさず、炎を振るって応戦するが──その動きは明らかに精彩を欠いているのであった。

──。

本来、魔術師としてのイヴとロータスの実力差は大きく懸絶している。

ロータスなど、ひっくり返ったって、奇跡を起こしたって、イヴに勝てるわけがない。

だが──……。

「お、おい……アレを見ろよ……」

「馬鹿な……ッ⁉　あの《紅焔公《ロード・スカーレット》》が……押されている⁉」

《根》と戦う兵士達の間に動揺が走り、徐々に戦況が変わっていく。

少しずつ流れが、《根》の軍勢側に傾いていく。

（ちょっと待って……あの程度の雑魚《ざこ》に何手間取ってるの、姉さん⁉

あんな策ですらない、バカみたいな策で、本当にひっくり返されちゃうわよ⁉）

イリアも《根》の侵攻を、魔術を放って押し返しながら、悪態を吐く。


「ふはははははッ！　どうしたイヴ＝イグナイトぉ⁉　その程度かぁあああああああッ⁉」

「……くっ⁉」


イヴが押されている。

ロータスの怒濤《どとう》の魔術による攻勢を捌《さば》くのに精一杯である。

戦いの最中、イヴがぼんやりと物思う。

（ぐ、グレンが死んだなんて……そんなことあるわけない……今のあいつが死ぬなんてあり得ない……。

でも、何が起きるかわからないのが戦場だし……そもそも、最近、連絡なかったし……

あのバカ、毎晩欠かさず通信魔術しろって言ったのに……ッ！

いや、そうじゃなくて！

か、関係ないわ！　たとえグレンが死んだとしても、私は帝国軍人としてこの国を！

この世界を守るため、戦い続けなきゃいけないわけで！

でも、あれ……？　その世界にグレンが居なかったら、私が戦う意味ってなんかあるっけ……？

いや、あるけど！　あるけど！　それがイグナイトの使命だけど！

でも……グレンが居ないと……）

そんな余計過ぎることを、戦いの最中に考えまくっていれば、当然——

「……そこだぁあああああ!?」

「あっ!?」

ロータスの放った爆炎の魔術を防ぎ損ね、イヴが大きく体勢を崩して地面にへたり込んでしまう。

それは、致命的な隙だった。

「やった！　勝った！　イヴ＝イグナイト討ち取ったり！　死ねぇえええええええええええええッ！」

すかさず、ロータスがトドメの魔術を放とうとする。

「しま――ッ⁉」

呼吸も、マナ・バイオリズムも完全に崩され、最早対処しようもないイヴが身を硬くして。

「ね、姉さん――ッ⁉」

イヴの窮地に、イリアが慌てて援護に向かおうとするが、その行く手は《根》達に阻《はば》まれ、叶《かな》わない。

まさに〝巨星、墜つ〟――そうなるその瞬間だった。

しーん……。

なぜか、ロータスがイヴへ向ける掌《てのひら》から魔術が起動しない。

「な、何ッ⁉　い、一体、何が起きた……ッ⁉」

突然の異常事態に慌てふためくロータスの頭上から。

「どっせいやぁあああああああああああああああああああっ！」

何者かが、踵《かかと》落としの体勢で舞い降りてくる。

空を高速飛翔《ひしょう》する神鳳《フレスベルク》から舞い降りてきたその男は――グレンだ。

その口には、おなじみ『愚者のアルカナ』がくわえられている。

「きっ、貴様、グレ――ンギャアアアアアアアアアアアアアッ⁉」

グレンの踵落としをモロに喰《く》らったロータスは、地面に叩《たた》きつけられ、そのまま転がっていって、完全に戦闘不能となった。

「ありゃ？　弱くね？」

ぐるんと回転し着地したグレンが、そんなロータスを意外そうに目を瞬《しばたた》かせながら見つめる。

「イヴがこれほど苦戦させられるくらいの魔術師……久々に死闘を覚悟してたんだが……ま、いっか」

グレンは、地面にペタンと座り込んで目をぱちくりさせているイヴへと向き直る。

「ちょおっと駆け付けるのが遅くなっちまったが、全部終わったぜ。イヴ」

「…………」

「その……途中から連絡できなくなって悪かったな……通信魔導器が壊れちまってよ」

「…………」

「だが、これで今回の紛争には全てケリが付いたな。お前の手柄だ、よくがんばったな、イヴ——」

と、その時だった。

イヴがぼそりと呟《つぶや》いた。

「……ぐ……」

「ぐ？」

そして、ふらりと立ち上がり……

「グレンンンンンンッ！」

「——ッ⁉」

イヴが目を潤ませ、顔を真っ赤にしながら、グレンに獣じみた挙動で飛びかかった——

その瞬間。

「……固有魔術《オリジナル》【月読ノ揺リ籠《ムーン・クレイドル》】」

イリアが幻術を起動した。

イヴとグレンが居る一帯を幻で覆い尽くし、人前から完全に存在を消し去っていた。

「ふ〜〜、危なかった……」

「い、イリア殿……？　い、一体、何が……？」

額の汗を拭うイリアに、状況の読めない周囲の兵士達が詰め寄る。

「実はね……ロータスは、かつての天の智慧《ちえ》研究会の《大導師》級の実力者だったの」

イリアは息を吐くように嘘《うそ》を吐いた。

「な、なんと⁉」

「それは、真か⁉」

「道理で、あのイヴ大元帥が苦戦していると思った……ッ！」

「ええ。だから、かの大帝国軍最強の魔術師グレン＝レーダスを、直接ぶつけるしか、今回の戦、勝ち目がなかったの。つまり――」

「そ、そうか！　全て、イヴ大元帥の策だったのか⁉」

「我々に無駄な犠牲が出ないように大元帥自ら時間稼ぎを……そういうことだったのか⁉」

「己の身を張ってまで……なんていう高潔な人なんだ……ッ！　我々は大元帥に死ねと言われれば、喜んで死ぬ覚悟だというのに……ッ！」

「でも、イリア殿。今、幻術でイヴ大元帥とグレン様を隠しているのは、何ゆえに？」

「そ、それは……女王陛下直々の極秘任務があるから」

イリアが虚無の目で続ける。

「《大導師》ほどの力を持つロータス……その力の秘密の解明も、あの二人は任されていたの。

その内容によっては、今後の世界の行く末も左右しかねないことだからね。くれぐれも貴方《あなた》達、触れないように。知らない方が幸福なことが、この世界には確実にある」

「なんと……」

「くっ、一体、どのようなことが、あの中で行われているのだ……ッ⁉」

兵士達が戦々恐々と、幻術で覆われた一帯を眺めている中。

「………」

イリアが、術者権限でチラッと、幻術で覆い隠した中を盗み見る——

「〜〜〜???ッ！　⁇ッ！　???　⁇⁇⁇⁇⁉」

「ちょ――イヴ、おま、やめ――んんっ⁉」

――その胸焼けしそうな光景に、イリアは一瞬で見る気が失《う》せた。

「ほら！　皆、まだ戦いは終わってないよ！　ロータスを倒したことで《根》はもう統率を失った烏合《うごう》の衆！　とっとと掃討し尽くすよ！」

「「「――ハッ！」」」

――こうして。

旧レザリア王国領における一連の紛争に、ようやく終止符が打たれるのであった。

――――。

――。

――後の歴史書は、かく語る。

〝その生涯に亘《わた》り、アルザーノ＝レザリア大帝国の守護神であり続けた稀代《きたい》の大英雄《紅焔公《ロード・スカーレット》》イヴ＝イグナイト〟。

〝彼女は、最初から最後まで、理想的で完璧、民衆の誰もが憧れた、まさに英雄の中の英雄であった――〟。

だが。

そんなイヴの表舞台における華々しい活躍と栄光の裏で。

そんなイヴを陰から最後まで支え続けた、とある一人の男の多大なる労苦と。

そんな二人の知られざる幸福で賑《にぎ》やかな日々は。

歴史書のどこにも書かれていないのであった――

ルートNO．02イヴED

FIN

If03. Re=L Rayford

英雄一家の休日

《無垢《むく》なる闇》は滅び、永劫《えいごう》回帰するグレンの戦いは終わった。

これより始まるは、まったく新しき白紙の未来。

グレンが一体、誰と共に歩み、どんな未来を描くのか？

これは、そんな様々な可能性に分枝《ぶんし》する未来の姿の一つ──どこかにあるかもしれない並行世界の話である。


────。

「「「……………」」」


その場を、重苦しい沈黙が支配していた。

そこは、南原のアルディアはラガスに設置された、アルザーノ＝レザリア大帝国南部方面駐屯軍の作戦会議室。

歴戦の司令官や上級将校達が円卓を囲み、その卓上に魔術で投射されている戦況図を、固唾を呑《の》んで見守っている。

まるで何かに祈るかのように、救いを求めて縋《すが》るように。

「……勝てるのでしょうか？」

「信じるしか……あるまい」

将校達の言が沈黙の中に、霧散していく。

卓上に投射されている戦域ＸＲ７――カーダス山脈一帯、通称《風の大地》では、今、一大決戦が繰り広げられていた。

旧・天の智慧研究会の残党である外道魔術師、《閃撃《せんげき》》のニルヴァが、この《風の大地》に外宇宙の邪神、風統《す》べる女王《風神イターカ》を、自身へ憑依召喚《ポゼッション》したのだ。

その動機は、天の智慧研究会を滅ぼしたアルザーノ帝国に対する復讐《ふくしゅう》。邪神の力を我が物とし、帝国に牙を剝《む》こうとしたのである。

当然、その器ではないニルヴァは一瞬で《風神イターカ》に自我を乗っ取られて個が消滅、邪神は制御を失い暴走してしまった。

このままでは、旧レザリア王国の宗教浄化政策によって滅ぼされ、ようやく最近、復興が始まった南原のアルディア一帯が、邪神の無作為の暴威のまま、破壊し尽くされてしまう。

そんな南原の危機に対処するため、中央から送られてきた人物達が――

「《愚者》のグレン＝レーダス……《戦車》のリィエル＝レーダス……」

「先の大戦にて、空に挑んだ英雄……現・大帝国宮廷魔導士団特務分室のエース中のエース達……」

「彼らならば……彼らならば、きっと……ッ！」

将校達が拳を握り固め、冷や汗を浮かべながら、刻一刻と変化する戦況図を見守り続けている。

卓上の戦況図でチカチカと小さく光り続ける反応が、この二人の英雄以外誰も立ち入れない、高次元域の激闘を現実感なく物語っていた。


「「「…………」」」


やがて。

どれくらい時間が経《た》っただろうか。

それは——唐突だった。

不意に、卓上の戦況図の邪神を示す反応が、ふっと消失したのである。

ざわざわ……と、ざわめき始める将校達。

消えた。

一体、何事だ？

戦況はどうなった？

誰もがありありとそんな困惑と疑問を顔に浮かべていると。

「伝令！　XR7より一号報告！」

作戦会議室内にて、モノリス型魔導演算器《マギ・ピューター》を操作していた伝令官が、外部より送られてきた通信魔術のメッセージを、戸惑う一同の前で復唱する。

「撃破！　《愚者》と《戦車》、《女王》撃破！　二人とも生存！　文句なしの大勝利です！」

「「「「ぉおおおおおおおおおおおおおおおおおおおおっ！」」」」

途端、その場の将校達は大歓声を上げ、椅子を蹴って立ち上がり、互いに肩を組んだり、抱き合ったり、涙を流しながら狂喜乱舞する。

「やった！　良かった！」

「これでアルディアは救われる！」

「さすが英雄！　俺達の英雄！」

今、ここが軍高官達が詰める会議室だということも忘れ、まるで鍋の底をひっくり返したような大騒ぎだった。

「やりましたね、将軍……」

「うむ……あの二人ならやってくれると信じていた……っ！」

南部方面駐屯軍の司令官が、涙ぐむ伝令役の部下の肩を叩《たた》いた。

そして、司令官は満面の笑みを浮かべて、浮かれる将校達を見回し、音頭《おんど》を取る。

「それでは皆の者！　英雄殿達の凱旋《がいせん》だ！　さっそく軍の総力を挙げて、盛大に出迎えるぞ！」

「「「ぉおおおおおおおおおおおおおおおおおおおおっ！」」」

慌ただしく動き始める一同。

だが、勝利の美酒に酔いしれる中、伝令官はふと、追加の報告が入っていることに気づく。

「……あれ？　《愚者》からだ。えーと、何々？

……〝嫁が何かもの凄《すご》い勢いでダダこね始めたので、そっち戻らず帝都へ直帰します。

何か色々すんません〟。

えっ？　……えっ？」

伝令官は、偉業を成し遂げた英雄達を最敬礼で出迎えようと、慌ただしく準備を始めている司令官並びに将校達の様子を見回して。

そして、たっぷりと十秒ほど硬直して、叫ぶのであった。

「えええええええええええええええええええええええっ⁉」

――――。

ぐにゃり……と空間に、波打つ奇妙な揺らぎが走る。

魔術法陣が展開され、〝門〟が開く。

その〝門〟をくぐり抜けると……そこは帝都オルランド。

十数年前の大戦から見事復興を果たし、人々の活況に溢《あふ》れた質実剛健な街並みが、グレンとリィエルの二人を出迎えていた。

「ったくよぉ……これでいいかよ？」

「ん」

グレンが草臥《くたび》れたように、隣のリィエルを見やる。

そこには、その幼げな容姿が十数年前とほとんど変わっていないリィエルが、やはり十数年前とあまり変わらない無感動な無表情で佇《たたず》んでいた。

（ま……普通の人じゃわからん細かな表情の変化は、十数年前とは比較にならんほど豊かにはなったがな……）

ため息を吐《つ》きながら、もの思うグレン。

とはいえ、リィエルに対し、言うべきことは言っておかねばならないだろう。

「お前さぁ……色々とブッチしてこうして帰って来ちゃったけどさぁ……ちょっとは軍の皆に申し訳ないと思わないの？」

「ちょっとは思う。けど……早く家に帰りたかったから」

ぷくう、と。どこか不機嫌そうに頬を膨らませるリィエル。

「わからんでもないが、だからと言って、俺に〝門〟を開けさせようと〝光の剣閃《けんせん》〟で俺を脅すのやめろ。アレばっかりは今の俺でも怖い」

「だって……グレンが〝門〟は開けないって、わがまま言うから」

「わがまま言ってるのは、お前なんだよなぁ⁉」

ぷいっと。そっぽを向くリィエルへ、グレンが吠《ほ》えかかる。

「わかってんの⁉　わりと有名人になっちまった俺達が動くってことは色々あんだよ！　戦後処理とか、お世話になった連中への挨拶回りとかさぁ！　いくら《英雄》だのなんだのとチヤホヤされてても、そういうのキチンとしねーと、いつか——」

「……むぅ。よくわからないし、知らない。お説教するグレン、嫌い」

「はぁ～～……後でイヴに説教喰《く》らうのは俺なんだけどなぁ……」

相変わらずのリィエルの反応に、グレンは深いため息を吐く。

「とにかく、グレン。帰る」

リィエルが、グレンの手を握って歩き始める。トコトコと普通に歩いているだけなのに、抗《あらが》いがたいもの凄い力で、グレンが引っ張られていく。

「……せめて、俺だけでも処理や報告に軍へ戻るってダメ？」

「だめ。二人で帰る」

リィエルは頑として聞かない。

相手は、世界最強の英雄の一人……ここで下手に抵抗して、夫婦喧嘩《げんか》に発展すれば街が一つ吹き飛ぶ。ここは大人しく従うしかない。

（まぁ、事後処理とか、報告とかは多分、イリアの奴《やつ》が代わりにやってくれるだろうが

……後で菓子折持っていかねえとな……ていうか)

グレンは改めて、自分の手を引いて歩くリィエルを見やる。

(俺は、どうしてコイツとくっついてるんだ……?)

グレンの人生最大の謎である。

ただの妹分だったはずなのに、なぜかいつの間にか、グレンの中で一番大きな存在になっていたリィエル。

十数年前、リィエルのアルザーノ帝国魔術学院卒業後、グレンはリィエルと共に特務分室へ復帰。

大戦後の色々と混沌《こんとん》としていた世界を、リィエルと共にあっちこっち駆け回って平定し続けているうちに、いつの間にか、そういう関係になって、いつの間にか、籍を入れて、式を挙げて……現在に至る。

(いや！　いいのか、俺⁉　これでいいのか⁉　もちろん、俺はコイツのことを愛してると自信もって言えるが……本当にこれで良かったのか⁉　だって、リィエルなんだぞ⁉)

グレンは、改めてリィエルを見る。

何度見ても、リィエルの姿は幼い。

その姿は、やはりあの頃から比べて何も変わっていない。そもそも成長が止まっている魔造人間だからだ。

グレンもあまり容姿は変わっておらず、歳《とし》のわりに若く見られるタイプではあるが……

リィエルと夫婦であることを、初見で看破できる者はいない。

大体が親子だと勘違いする者ばかりである。

（お、俺は本当にこれで良かったのか⁉　なんかこう……人として踏み外しちゃいけない何かを盛大に踏み外してねえか⁉　せめて十数年前なら……いやいやいやいや！　十数年前でも完全にアウトだろコレ⁉）

グレンは自分の手を一生懸命引いていく、小柄な少女の背中を見つめながら、だらだらと冷や汗を垂らす。

そんな風に、グレンがいつものように、ふとした時に覚える己の人生への疑問について思いを馳《は》せていると。

突然、リィエルがくるりと振り返って言った。

「グレン。ふふ、家に帰るのは久々……一緒にゆっくりしよ」

そんなリィエルの顔には、まるで花咲くような笑みが浮かんでいた。

あの常に能面のリィエルからは想像つかないほど、自然で多幸感に溢れた眩《まばゆ》い笑顔。

普段が普段だけに、そのリィエルの笑顔はギャップが特上の破壊力となって、グレンの魂を打ちのめす。

そして、いつもグレンはこう結論することになるのだ。

（うん。もうロリコンでいいや）

それは——世界の真理を全て悟りきった賢者のような、晴れ晴れとした涼やかな笑みであったという。


——。


「しっかし、まぁ……確かに久しぶりだな……一ヶ月ぶりか？」

「ん。最近、忙しかったから」

グレンとリィエルの前に、大きな屋敷《やしき》があった。

ここは、帝都の高級住宅地に構えられた、二人の住居である。

よく手入れの行き届いた前庭を通り、二人は並んで歩いて行く。

そして、後もう少しで屋敷の玄関口へと辿《たど》り着《つ》く……そんな時であった。

「……っ」

「…………」

二人が、ふと歩を止める。

不意に、長年戦い続けた歴戦の戦士としての感覚が警鐘を鳴らしたのだ。

ここから先は死地である、と──

「はぁあああああああっ！」

突如、二人の頭上から迫りくる裂帛《れっぱく》の気迫と殺気。

視線を上げれば、空から襲撃者が剣を振りかざして、降り注ぐ稲妻のように舞い降りてくる。

「ち──っ⁉」

「……っ」

グレンとリィエルが左右に散開するのと、襲撃者の剣が地面へ着弾するのは、ほぼ同時。

凄《すさ》まじい衝撃音が大気を引き裂き、襲撃者が叩《たた》きつけた壮絶な剣撃《けんげき》によって、大地が割れた。

「く――ッ!?」

この突然の襲撃に、リィエルは素早く反応し、お得意の高速武器錬成【隠す爪《ハイドゥン・クロウ》】で、大剣を手に出現させる。

だが、出現させた瞬間、襲撃者はすでにリィエルとの間合いを一足で消し飛ばし、懐《ふところ》に入っていた。

「てぇええええええっ!」

「……ッ!」

襲撃者とリィエルが、同時に剣を振るう。

リィエルの振るう剣先に宿る、銀色の〝光の剣閃〟――【絆《きずな》の黎明《れいめい》】。

防御手段なし、間合い関係なく、あらゆる存在に対して必中必殺のその絶技を――

衝撃音。

なんと、襲撃者は受け止めていた――リィエルと同じく、剣先に宿る銀色の〝光の剣閃〟によって。

「しぃいいいいいいっ!」

すかさず、襲撃者が斬り返す。

襲撃者とリィエルの刃が、真っ向から激しく交差し、火花と共に大気を震わせる。

発生する衝撃波が、逃げ場を求めてその場を嵐のように吹き荒《ふすさ》ぶ。

襲撃者とリィエルの勝負は、互角。

──否。

リィエルの体勢がやや崩れ、後方に僅かに泳いでいるあたり、襲撃者の方が競《せ》り勝《か》っている。

突然の不意打ちとはいえ、現・世界最強の剣士と名高いリィエルに対し、競り勝っているのだ。

「……ッ!?」

「ふう──ッ！」

後退するリィエルを、襲撃者はさらなる流麗な剣舞をもって襲う。

超絶的に洗練された技巧をもって、超絶的に鋭く重い斬撃を、矢継ぎ早に繰り出し、リィエルを一手ごとに追い詰めていく。

リィエルは防戦一方だ。

「ちぃ──リィエル！」

グレンが援護に入ろうと、黒魔《くろま》【ライトニング・ピアス】を起動する。

――。

グレンの指先から襲撃者をめがけてまっすぐ飛んだ雷閃《らいせん》はしかし、突如、ぐにゃりと歪《ゆが》んだ空間に阻《はば》まれ、襲撃者へは届かない。

（これは――簡易的だが、〝無限の距離〟！　強制的に射程外にされた⁉）

グレンが驚愕《きょうがく》していると。


「させない」

後方から、燃え滾《たぎ》る火球がグレンをめがけて飛んでくる。

第二の襲撃者が放ってきたのだ。

「――くっ⁉」

大爆発を置き去りに、グレンが横へ飛んでかわす。

すると――


「そこ」

今度は第三の襲撃者が、グレンの背後を取っており——その左手に漲《みなぎ》る稲妻を容赦なく振るった。

動きが異常なほど、速い。

それは単純な身体能力がもたらす物理的な速度ではなく、魔術によって時間を加速したことで生み出される、いびつな魔速だった。

「ちぃ——ッ⁉」

咄嗟《とっさ》に、その歪んだ時間を中和しながら——それでも放たれた稲妻はなお壮絶に速いが——グレンは稲妻を回避する。

「……さすが」

「くっ……」

第二、第三の襲撃者は、それでもひるまず、連係を取りながら、グレンを責め立てる。

第二の襲撃者が放つ無数の業火《ごうか》猛火が、グレンへ容赦なく、間断なく襲い掛かり、その間隙《かんげき》を縫って、時間加速した第三の襲撃者がグレンへと肉薄、その壮絶なる雷撃を振るっていく。

「はぁあああああああっ！」

「……っ」

一方、リィエルも第一の襲撃者の攻撃を捌《さば》くのに手一杯。

このままでは、グレンとリィエルが謎の襲撃者達に押し切られてしまう……そんな時だった。

これまで、攻撃を捌きながらこめかみをピクピクさせていたグレンが、ついに堪《こら》えきれないように叫んだ。


「い　い　加　減　に　し　な　さ　いっ！　お前らぁああっ！」


カチッ！

時計の龍頭を押し込むような音が、辺りに響き渡った、次の瞬間。

「うわああああ⁉」

「きゃああああっ⁉」

なぜか、第二、第三の襲撃者が、いつの間にかゴロンゴロンと地面に転がされていた。

同時に。

「いいいいいやぁああああああああああああああああっ！」

「――ッ⁉」

一瞬の隙を見て、リィエルが放った本気の【絆の黎明】が、第一の襲撃者の剣を根本から斬り飛ばしていた。

斬り飛ばされた剣先が、くるくると宙を舞い、やがて前庭の片隅へと突き立つ。

今までの優勢を、たった一手であっさりひっくり返され、呆然《ぼうぜん》とするしかない第一の襲撃者。

そして、そんな襲撃者達へ、グレンが怒ったように言い放つ。

「ええい！　エリー！　シオン！　イルシア！　オイタはやめなさい！　お父さんとお母さんはね、もう超ド級にお疲れなの！　わかる⁉　お遊びはまた今度な⁉」

すると。

襲撃者達は、三者三様ににっこりと笑って、こう言った。

「「「お帰りなさい！　お父さん！　お母さん！」」」

――――。

「ったく。毎度のことながら、腕試しでいきなり襲ってくるのやめろって言ってるだろ……」

屋敷《やしき》の居間にて。

グレンは、ソファーにどっかり腰掛けながら、ぼやいていた。

「でも……皆、すごく強くなった」

リィエルが、その無表情の端々にどこか嬉《うれ》しそうな雰囲気を滲《にじ》ませながら、家族全員分のカップをテーブルへと並べていく。

「あはは。でも、まだまだ、エルザおばさんや母さんの剣には全然、及びませんけどね」

すると、母親譲りの青い髪をポニーテールにした、リィエルそっくりの少女が、穏やかに微笑《ほほえ》みながら、カップに紅茶を注いでいく。

レーダス家の長女、エリー＝レーダス。年齢は今年で十五歳。同年代と比べて比較的長身で、モデルすら務まりそうなスタイル抜群の少女である。

「それに、どうしたら母さんほど強い〝光の剣閃《けんせん》〟に至れるのか……試行錯誤の日々です」

「大丈夫。エリーなら、いつかきっとわたしを超える」

「まぁ……エリーは生まれた時から、剣先に〝光〟が見えてたチートだしな……」

グレンは、自分の娘のあまりにも恐るべき才覚に戦々恐々しながら、紅茶が注がれたカップに口をつけた。

「ねぇねぇ、父さん！　僕達はどうだった⁉」

「私達も強くなってたでしょ⁉」

同じく母親譲りの青髪の、まるで鏡合わせのようにそっくりな顔をした二人の少年少女が、ソファーに座るグレンの左右から縋《すが》りついてくる。

レーダス家の長男と次女、シオン＝レーダスとイルシア＝レーダス。

今年で十三歳となる双子の兄妹《きょうだい》である。

ちなみに、三人の子供達の名は皆、リィエルの強い希望で、彼女のとある恩人達に因《ちな》んだものだ。

「ああ、強くなったよ。さすが、セリカやアルベルトから色々と教わっているだけはあるな」

「えへへへ……セリカお婆《ばあ》ちゃんやアルベルトおじさんも言ってたよ」

「〝父親と違って覚えがいい〟って」

「くそう。あいつら……好き勝手言いやがって……」

だが、実際、事実なので、グレンは深いため息を吐《つ》くしかない。

「でも、お父さんには、なかなか勝てないなぁ……」

「うん……やっぱ、時を完全に止めるのはズルいよぉ……」

「たまに巻き戻したりもするし……」

「存在空間をズラすし……反則」

「うるせぇ！　もうその歳《とし》で時空間魔術を使いこなし始めている奴《やつ》らと、真っ向から素で戦ってられっか！」

グレンは改めて、自分とリィエルの間に生まれた子供達の顔を一人一人流し見ていく。

全員、容姿はリィエルを色濃く受け継いだようで、もれなく美形だ。もう顔だけで一生食っていけるだろう。

だが、天は二物を与えずという格言はどこへやら。

エリーは剣の天才だ。リィエル譲りの予知にも近い動物的直感と戦闘センス、身体能力に魔力容量《キャパシティ》を持っている上に、グレン譲りの地頭の良さと勤勉さも持っているため、パワーだけに頼らない剛柔合わせた剣技を、すでに高い次元で完成させている。

しかも、まだまだ発展途上で伸び代がありまくり、その上に生まれながら〝光の剣閃〟

が振るえるという贅沢《ぜいたく》ぶりである。

(何、このチート……)

そして、シオンとイルシアは魔術の天才である。

やはり、グレン譲りの地頭の良さを二人とも受け継いだ上に、さらにはリィエルの超絶的な魔力容量《キャパシティ》と魔力操作感覚を容赦なく受け継いでいる上、シオンは空間魔術に、イルシアは時間魔術に対する天才的な素養と魔術特性《パーソナリティ》を持っている。

魔力と魔術特性《パーソナリティ》が貧弱であったがゆえに、魔術に対する理解力と応用力で勝負するしかなかったグレンが、無尽蔵の魔力と強力な魔術特性《パーソナリティ》を自在に使えるようになったバージョンが、この双子である。

ちなみに子供達は三人とも、リィエル譲りの錬金術の天才的素質をデフォルトで装備している。

(ズルすぎる……)

ただでさえ、グレンとリィエルの子供達は、生まれながらに過剰なほど多くのものを持った天才なのだが、それだけに止《とど》まらない。

グレンやリィエルだけでなく、身近な場所に、セリカやアルベルト、エルザ、イヴ、バーナードといった、最上級の師匠達が多過ぎるのである。

（なんなんだ、この未来の英雄養成英才教育圏……）

子供達は三人とも、魔術に対する興味や、自身を鍛え上げることに対する勤勉さはグレンそっくりで、貪欲に周囲から様々な知識・技術を暴食し、すくすくと末恐ろしい人材へと成長しつつあった。

（……ていうか、これ。本格的に反抗期が来たら、俺、死ぬんじゃね？）

今のところ、三人の子供達はまだまだ素直で可愛《かわい》いが、年齢的に、そろそろそういう時期が来てもおかしくない。

親子喧嘩《げんか》で〝光の剣閃〟や【イクスティンクション・レイ】を向けられたり、洗濯の際、時空間凍結魔術で自分の下着だけを別空間へ隔離されたりする未来を想像し、グレンは震えるしかなかった。

まぁ、それはさておき。

「そういえば、エリー。今は夏季休暇で帝都に戻ってきているわけだが……フェジテでの学院生活はどうだ？」

「はい、とても楽しいですよ。下宿先のセリカお婆ちゃんの家でも良くしてもらってますし、学院の皆さんも本当に良《い》い人達ばかりです」

エリーがくすくすと笑う。

「父さん達の言う通り、本当に賑《にぎ》やかで愉快な学院なんですね」

「いいなぁ、エリーお姉ちゃん」

「イルシア達も早く、魔術学院へ通いたーい！」

「お前らに魔術を教えられそうな先生って、もうハーなんとか先輩か、システィーナくらいしかいなそうだけどな……まぁ、好きにしろよ」

苦笑いするしかないグレンであった。

「ところで、父さん、母さん。今回はどのくらい家に居られるんですか？」

「うーん、そうだなぁ……」

エリーの問いに、グレンが天井を見上げながら応じる。

「まーだ色々と仕事の予定が入ってるからなぁ……そんなに長くゆっくりはできねえかな……」

すると、それを聞いたシオンとイルシアが身を乗り出して提案してきた。

「じゃあさ、父さん！　明日、皆で一緒に遊びに行こうよ！」

「海！　海行きたい！　イルシア達、海で遊びたい！」

「えええええええ!?」

唐突なる子供達からの提案に、ぎょっとするグレン。

「そうですね。せっかくの夏季休暇ですし……少しは家族で思い出に残る過ごし方をしたいですね」

「エリーまで……」

あまり気乗りのしないグレンが、ぐだり始める。

「でもなぁ……俺、ここんとこ仕事の連続で疲れてるんだよなぁ……だから久々の休暇は家でのんびりしたいっていうかさぁ……」

「ダメだよ、父さん！　久々の休暇だからこそ、外に出て心身共にリフレッシュしなくちゃ！　過重労働による疲労回復への対処を、家への引きこもりへ過度に依存すると、強迫性障害による外出困難を誘発するんだよ！」

「そうそう！　家に引きこもって、肉体的な疲労は癒《いや》せても、精神的な疲労は癒えないんだよ、お父さん！　いわゆる行動活性化療法だよ！」

「……お前らって、本当に十三歳？」

そんなことを嬉々《きき》として語るシオンとイルシアに若干引きながら、グレンは頭をかいている。

「でもなぁ……俺、疲れてるしなぁ……たまの休暇くらい家でゆっくり休みたいなぁ……なぁ？　リィエル？　お前もゆっくりしたいよな？」

そして、グレンが同意を求めるようにリィエルを振り返ると。

「行こう、グレン。家族みんなで、海で遊ぼう」

リィエルはいつものように無表情で大剣を構え、ボソッと言った。

「あっ、これ逆らってもダメな流れだわ」

全てを受け入れ、グレンはカップの紅茶を飲み干すのであった。


────。

──というわけで。

「「「海っ！」」」


レーダス一家は、海へやってきていた。

ここはサイネリア島。

かつて、グレンの教師時代、リィエルの学生時代に、『遠征学修』でやってきた場所である。

心地よく吹き流れる潮風。

風に乗って流れ来る潮騒《しおさい》。

抜けるように青い空。

熱く、眩《まばゆ》い白い砂浜。

そして、燦燦《さんさん》と降り注ぐ陽光を照り返す、輝かんばかりに雄大な海。

あのリゾートビーチは、当時のままであった――

「姉さん！　イルシア！　さっそく泳ごう！」

「ビーチバレーもしたい！　スイカ割りもしたい！」

「こらっ！　まずは準備運動からだってばっ！」

それぞれ水着に着替えた三人の子供達が大はしゃぎで砂浜を蹴って、海へ突撃していく。

そんな子供達の背中を遠く眺めながら、グレンがのそのそついていく。

「元気だねぇ……あいつら」

グレンも水着に着替えた上、簡素なシャツを纏《まと》っている。

さすがは未《いま》だ現役の歴戦魔導士。細身の痩肉《そうにく》だが、ガッチリと鍛えられており若々しく、無駄な贅肉《ぜいにく》一つない。あちこち見え隠れする古傷が、これまでの壮絶な遍歴を物語っていた。

「ん。子供は元気が一番」

そんなグレンの隣を、日傘を差してトコトコ歩くリィエルも水着姿だ。

「お前、それ……」

リィエルの着ている水着は、地味で野暮ったい濃紺のワンピース水着……つまり、魔術学院の水泳教練用の水着である。

要するに、学生時代のリィエルが『遠征学修』で着ていた水着だ。

「……懐《なつ》かしい？　似合う？」

「懐かしいし、似合うけどよ……」

その水着は構造的に、平坦《へいたん》な身体《からだ》を持つリィエルが着用すると、その幼いラインがより一層強調される。

露《あら》わになっている肌も絹のようにすべすべで、白く張りがあり、染《し》みや傷一つ存在しない。

こうして改めて見ると、実年齢はともかく、リィエルは本当に幼い少女の姿のままだ。

魔造人間だから仕方ないと言えば仕方ないのだが……この少女が自分の嫁だと考えると、なんだかおかしな気分にもなってくる。

と、その時だった。

たまたま、グレンとリィエルのそばを通りかかった観光客の老夫婦が、穏やかに微笑《ほほえ》みながら挨拶をしてきた。

「おやおや……親子連れですかな？」

「あらあらまぁまぁ……可愛い娘さんですねぇ……」

「えーと」

案の定の誤解に、グレンがどう答えたものかと悩んでいると、リィエルがぐいっとグレンの腕に絡《から》みつき、あっさり答えた。

「娘、違う。わたしは妻」

「「…………」」

硬直する老夫婦。

弁明を求めるように、グレンの方をギギギと振り向くが。

グレンは覚悟を決めて宣言する。

そも、この件に関して、対外的な体裁ごときのために、曖昧に誤魔化すことは、グレンの男としてのプライドが許さない。

「ええ、俺の家内です！　今年で結婚十七年目！　今でもラブラブです！」

親指を立てて胸を張り、堂々と爽やかな笑顔で宣言するグレン。

だが、気づけば。

老夫婦の姿は……とっくに目の前から消えていた。

ついでに、遠くの方から「警備員さん、こっちです！」などという騒ぎが聞こえてくる。

そんな近づいてくる喧騒《けんそう》に、グレンはため息を吐くしかなかった。

「何が辛《つら》いかって……事情知らん連中から、ああいう目で見られるのが辛ぇよなぁ」

「……グレン？」

リィエルは、そんなグレンをきょとんと見上げるのであった。


――――。


予約したホテルが占有する高級ビーチなので、人の姿はそれなりだが、混雑にはほど遠い。

そんな広々のびのびと使用できるビーチの一角に、グレン達はシートとパラソルを設置し、荷物を置いて拠点を作った。

「はぁあああああああああっ！」

「わぁ！　さすが姉さん！　空間の狭間《はざま》に隠していたのに、一撃でスイカに命中させた！」

「凄《すご》い凄い！　時間凍結させて壊せなくしたはずのスイカが粉々！」

「ふふん、貴方《あなた》達もまだまだですね……修行あるのみ」

仲良く遊んでいる子供達を遠く眺めながら、グレンはシートの上で寝そべっている。

そんなグレンのすぐ隣に、リィエルが膝を抱きかかえるようにして、ちょこんと座っている。

「ていうか、なんだありゃ？　スイカ割り？　最近の若者達のスイカ割り、異次元過ぎるだろ……」

まぁ、あいつらだけだろうが……とグレンが心の中で突っ込んでいると。

「……グレン」

親しい者だけがわかる、普段とはほんの微《かす》かに違うトーンで、リィエルがぼそりと話しかけてくる。

「……懐かしいね」

「……そうだな」

二人の脳裏に浮かぶのは……若かりし頃の記憶。

かつて、サイネリア島へ、クラスメート達と共にやってきた、賑《にぎ》やかで楽しい記憶。

それは今でも色あせることはない。

「……ん。よく考えると、わたしはこの島で、グレンに助けられて……それでようやく、〝わたし〟が始まった……そんな気がする」

「ははは、なんだそりゃ？」

「わたしにもよくわからない」

グレンとリィエルが、くすくすと笑いあっていると。

「……グレン。わたしとケッコンして……どうだった？」

リィエルが、ふとそんなことを聞いてくる。

「グレンは……わたしとケッコンして嫌じゃなかった？　後悔はない？」

「……どうした？　急に」

「だって……わたしは普通じゃないから。多分、これからも変わらない。グレンが色々嫌な目にあうかも」

ほんの少しだけ、リィエルは俯《うつむ》きがちに続ける。

「それに……グレンを好きな子、いっぱいいた。でも……わたしがグレンを独り占めしちゃった。

グレンには……わたしよりも、もっと相応《ふさわ》しい子が……いたかもしれないのに……」

そんなリィエルの頭を、グレンはくしゃりとなでる。

「バカ。お前を選んだことに、後悔なんかねえよ。

まぁ……なんとなく、状況に流されちゃった感は否《いな》めないけどな。

でも、お前と共に歩むことを決めたのは、紛れもない俺の意思だ。それに――……」

グレンがちらりと、遠くで無邪気に遊ぶ子供達を見る。

今度は魔術で砂を操って、超巨大なお城を作っている。というか、もう完全にリアル城そのものだ。

錬金術で遊ぶなという突っ込みをかみ殺し、それを全力でスルーしながらグレンは言った。

「家族ってやっぱいいな。お前のおかげでかけがえのない家族ができた。俺の一生の宝物だよ。俺の命をかけて守ってやりたいって思えるし、これからも頑張っていこうって気になる。

容姿の問題なんかくだらねえ。言いたい連中には言わせておきゃいい。

ありがとうな、リィエル。俺と結婚してくれて。家族と出会わせてくれて。お前に会えて本当に良かった」

この爽やかな青空と潮騒が、そんな気分にさせたのだろうか。

グレンの口からは素直な気持ちが、普段は意地と照れで決して出てこない言葉が、すらすらと突いて出る。

すると。

そんなグレンをじっと見つめていたリィエルが、不意に相好を崩す。

思わず年甲斐《としがい》もなく、ドキリとグレンの胸が跳ねる。

「わたし……すごく幸せ」

「リィエル？」

リィエルは穏やかに微笑みながら、戸惑うグレンの肩に頭をのせて、体重をグレンへと預ける。

「グレン……好き。世界で一番、グレンが好き。ん……子供達も……同じくらい好きだけど。

わたしも……グレンと会えて本当によかった」

リィエルも、この爽やかな青空と潮騒《しおさい》にあてられたらしい。

普段のリィエルからは信じられないような言葉が出てくる。

そんな風に寄り添いながら、二人は子供達を見つめ続ける。

そして、グレンは隣のリィエルの体温を感じつつ、ぼんやりと、こう思うのであった。

（……やっぱ、ロリコンでいいや）

――――。

「父さーん！　母さーん！　スイカ切ったよ～っ！　粉々になっちゃったから錬金術で再錬成したんだけどっ！」

「砂でお城（リアル）作ったから、皆でそっち行って食べようよーっ！」

「こーら、シオン、イルシア。……し～～っ！」

両親の下《もと》にはしゃぎながら駆け寄るシオンとイルシアを、優しい笑みを浮かべたエリーが制する。

「どうしたの？　お姉ちゃん」

すると、エリーが視線をパラソルの下にいる両親へと向ける。

そこでは……

「ｚｚｚ……」

「……すぅ……すぅ……」

グレンとリィエルが安らかな午睡についていた。

大の字になって眠るグレンの脇に、リィエルがリスのように丸まり、くっついて眠っている。

二人とも、やはり疲れていたのだろう。

その一角は、まるで時が止まったように穏やかで、神聖不可侵の場所のようであった。

「……計画成功ですね」

エリーが、そんな両親の無防備な姿を見て、満面の笑みを浮かべる。

「帝都にいると、二人を頼って、すぐに誰かやってきて、全然ゆっくり休めませんからね……やっぱり強引にでも連れてきて良かったです」

「そうだねぇ」

「むー、でも、イルシア、お父さんとお母さんとも遊びたかったなー」

頬を膨らませるイルシアに、エリーが笑いかける。

「今日一日しっかり休んだら、明日からきっと遊んでくれますよ」

「だね！　そのためにも、父さんと母さんには、今日はゆっくりしてもらわなきゃ！」

「うん！　お父さんとお母さんの平穏な時間はイルシア達が守るの！」

「えい、えい、おーっ！」

三人の子供達は、両親のために固く決意し、結束するのであった。


――――。


「……唐突だが、俺は暗殺者だ。……しかもプロ中のプロのな」

リゾートビーチの片隅、ヤシの木の下に、全身黒ずくめの怪しい男が、魔術によって気配を完全遮断して佇《たたず》んでいた。

道行く観光客達が、誰もその男に気づかない。超絶的な認識操作魔術で、男を認識できなくしているのだ。

誰にも認識させずに、犠牲者にすら死んだことを気づかせず、いつの間にか暗殺する……それが、その男の恐るべき暗殺スタイルだ。

「悪く思うなよ？　グレン＝レーダス……リィエル＝レーダス……貴様らの存在を疎《うと》ましく思う組織はまだまだあってな……

それに、かの二人を倒せば、俺の裏社会における地位と名声は、想像を絶するほど高まるのだ……っ！

我が栄光の礎《いしずえ》となれ！　英雄！」

そうほくそ笑んで。

ついに、男が行動へ移そうと、そっと歩き始めた……その時だった。

ぽん。

背後から不意に肩を叩《たた》かれ、男が振り返る。

すると、そこには水着姿のエリーがニコニコ笑顔で立っていた。

「……え？　あ、あれ？　お前、どうして俺のことを認識……？」

呆然《ぼうぜん》とする男の前で、エリーはスチャッと、剣を振り上げて――

「ぎゃあああああああああああああああああああああああああっ⁉」

――――。

「まったく。こういうゴミどもって、情報と行動だけは早いんですから」

面倒臭そうにため息を吐《つ》きながら、エリーは、先刻ボコボコにしてぐるぐるの簀巻《すま》きにした暗殺者の男を、リゾートビーチの一角に設置されたゴミ捨て場に放り捨てる。

「ムギュン……」

「あ、ぇ、ぅ……」

「ぐふっ……」

そこには、同じくエリーがボコした同業者達がすでに四人ほど、打ち捨てられていた。

「そのくせ、彼我の実力差もわからないんだから、本当に始末に負えませんね」

と、そんな風にエリーが愚痴っていると。

空間に〝門〟が開き、シオンとイルシアの二人が飛び出してくる。

「ただいま！　姉さん！」

「おかえり、シオン、イルシア。首尾はどうでしたか？」

「うん！　国のあちこちを回って、こいつら寄越してきた組織や貴族、全員ぶっ潰してきたよ！」

「色んな証拠を置いて、軍や警備官に通報しといたから、もう手出ししてこないよ！」

「ふふっ、さすが我が弟と妹。色々とできることが多い上に、手際《てぎわ》が良《い》いですね。羨ましい。私は貴方《あなた》達と違って魔術は不得手ですから」

「でも、姉さん、戦闘最強じゃん」

「あの銀色の光、ズルいよねぇ……魔術全然効かないんだもん」

「まぁ、そこは年の功ですから」

ちなみに。エリーの魔術が不得手発言は、それはあくまで〝シオンやイルシアと比べて〟であって、普通に一流である。

「えーと……お父さんとお母さんの様子はどう？」

「大丈夫です。まだぐっすりお休みになってます。この騒ぎに気づいてもいません」

「そっか、良かった」

「父さんと母さんの安寧は、僕達が守らなきゃだからね！」

「ええ、その意気です」

と、そんな風に、子供達が新たに気合を入れなおしていると。

「た、大変だぁああああっ！　サメだぁああああああっ！」

ビーチの方から大騒ぎが聞こえてくる。

「サメの大群が押し寄せてきたぞぉおおおおおおおっ！」

「しかもなぜか偶然、巨大竜巻が発生して、サメの大群が竜巻に乗って空を飛んで襲い掛かってきたぞぉおおおおおおおおおっ！」

「ひぃいいいい⁉　このままではこのサイネリア島は全滅だぁあああああああああああっ！」

「なあにアレ？」

「サメの大群が空を飛んでやってきてますねー」

「うわぁ……」

シオン、エリー、イルシアが、その冗談のような光景を、ドン引きで眺めている。

「なんでこんな時に限って……」

「まぁ……なんていうか。父さんと母さんはその……トラブルの方からやってくるタイプの人種ですから」

「これもある種の英雄補正だよねー」

「言ってる場合じゃないよ！　このままだと、父さんと母さんが起きちゃう！　ゆっくりできなくなる！」

「問題ありません。二人の周囲には完璧なる防音結界を張ってあります。私達でトラブルに対処すれば、万事解決です。ええ」

「そうだね！　うん、行こう！　エリーお姉ちゃん！　シオン！」

こうして。

両親にひとときの安息を捧《ささ》げるため、子供達が動き出す――

――。

それが運命か、あるいは英雄補正というものか。

グレンとリィエルがぐっすり休んでいる間、トラブルはなぜか次から次へとやってきた。

なぜか、海の家を、国際的に有名なテロリスト集団が占拠して、大帝国政府に政治的要求を通すために立てこもったり。

なぜか、幽霊船がやってきて、海賊の亡霊達が略奪行為を働こうと、街を襲ってきたり。

なぜか、島にある閉鎖されていたはずの白金魔導研究所から、無数の禁断の合成魔獣《キメラ》が脱走し、とある外道魔術師の国家転覆の陰謀が、突然、明らかになったり。

なぜか――etc.…

――だが。

「【絆《きずな》の黎明《れいめい》】！　はぁあああああああああっ！」

「いくよ、イルシア！」

「うん！　せーの、ぶっ飛んじゃえ、有象無象！」

「『黒魔《くろま》改【イクスティンクション・レイ】ッ！』」

　エリー、シオン、イルシアの三人がその悉《ことごと》くをぶっ潰していった。

　その絶望的な脅威に対する獅子《しし》奮迅の活躍っぷりは、まさしく未来の新たな英雄達の姿を彷彿《ほうふつ》とさせる。

「一体何者なんだ、あの子達は……」

「す、凄《すご》すぎる……」

　その場に居合わせた観光客や島の住人達は、そんな三人の大活躍を前に、ただ唖然《あぜん》とするしかない。

　しかし。

　やがて、そんな三人でも対処できない絶望的な危機が、三人の前に姿を現すのであった。

　──。

「な、なんてことですか……」

「まさか、古《いにしえ》の半魚人族が、大いなる海の神性を復活させるための儀式を行っていただなんて……っ！」

見上げる三人の前には、巨大な怪物の威容があった。

海面から姿を見せたその怪物は、小山ほどに巨大で、鱗《うろこ》や水かきのついた手足、無数の触手、魚類然とした面貌を持つ、世にも悍《おぞ》ましき冒瀆《ぼうとく》的な巨人だった。

古の半魚人族の全てを吸収合体して受肉降臨を果たした海の神性。

その魔力、その暴威、その神気を前に、さすがの三人も手も足も出ない。防戦一方であった。

すでに息も魔力も切らして、疲労困憊《ひろうこんぱい》……そんな状況である。

「あの子達でもダメか……っ⁉」

「このまま、サイネリア島は滅んでしまうのか……ッ⁉」

「ていうか、今日一日トラブルが多すぎる……厄日か⁉」

遠巻きに見ている観光客や住人達もぶるぶる震えながら、そう突っ込むしかない。

「ど、どうしよう、エリー姉さん、イルシア！　さ、さすがに父さんと母さんを呼ぶ⁉」

「だ、ダメだよ！　お父さんとお母さんには、今日一日ゆっくりしてもらうんだから！」

「そうですね……そのためにも、私達でこの怪物を倒さないと……ッ！」

それでも諦めず、エリーとシオンとイルシアが怪物へと挑む。

「最後の力を振り絞って、三人で一斉に全力でかかりましょう！」

「そうだね！」

「それしかないかも！」

『by8がるえのfhgん9うmrつぃうへごんrmwhぷんtろめ～～～～ッ！』

正気がガリゴリ削れていくような奇声を上げる怪物へ向かって、三人が最後の攻撃をしかけた。

「「「はぁあああああああああああああああああっ！」」」

銀色の剣閃《けんせん》が。

全てを根源素《オリジン》にまで分解消滅させる虚数エネルギーの極光が。

怪物へ容赦なく叩《たた》きこまれる。

――結論から言えば。

その攻撃は、その海の神性を滅ぼしきれるものではなかった。あらかたの存在を滅ぼせる威力はあるが、さすがに外宇宙の神性を滅ぼすほどには、まだ至っていなかった。

だが――そんな三人の子供達の攻撃に紛れて、一発の銃弾と一閃《いっせん》の銀の剣閃が、海の神性へ差し込まれる――誰も気づかないうちに。

そして。

それだけで、その海の神性はあっさりとボロボロと崩れ、奇声を上げながら消滅し、滅んでいくのであった。

「う、嘘《うそ》……勝てた……？」

「やった！　やったよ、姉さん！　イルシア！」

「良かったぁ！　これでお父さんとお母さん、ゆっくりできるねっ！」

大はしゃぎする三人の子供達を、観光客や街の住人達が涙を流しながら、スタンディングオベーションで讃《たた》えた。

「よくやった！」

「偉い！」

「君達はこの島の恩人だ！」

「英雄だ！」

島全体が感謝と感激に満ち溢《あふ》れ、小さな英雄達を讃える季節外れのお祭りが開催されるのであった──

──。

「グレン。みんな、どう?」

「寝てるよ。ぐっすりとな」


——三日後。


楽しかった旅行の時間は飛ぶように過ぎ、今は帰りの定期船の上。

夕日の黄昏《たそがれ》に灼《や》かれた甲板上に据えられた休憩用のベンチの上では、エリーが座ったまま眠っている。

そして、それを支えるように、左右からシオンとイルシアが、エリーへ寄りかかるようにやはり眠っている。

穏やかな潮風が、三人の髪や衣服を優しく撫《な》でつけている。

そんな三人の子供達を、グレンとリィエルが船縁《ふなべり》の手すりに寄りかかりながら寄り添いあい、優しく見守っていた。

「ったく、ガキんちょがいっちょ前に余計な気を遣いやがって」

「でも……グレン、嬉《うれ》しそう」

「……まあな」

ふいっと視線を逸《そ》らす。

目に入るは見渡す限りの大海原。

黄昏色に眩《まばゆ》く輝く水平線は、この世界のどんな財宝よりも美しかった。

「ま、俺と違ってアホみてーな才能に恵まれちゃいるが、まだまだ子供ってことか……俺達がしっかりと見守ってやらねえとな」

「ん。世界のこともだけど、子供達のことも、きっと大変」

「だな……多分、これからも、楽しいこと、嬉しいことと同時に、色々としんどいこともあるんだろうな……」

一家を構えるとは、そういうことなのだろう。

「だけど、頑張れる。コイツらのためなら、俺達はどこまでも頑張れるし、歩み続けられる。……だな？」

「ん。もちろん」

リィエルがこくりと頷《うなず》く。

「グレン。わたし、がんばる……グレンと一緒に。

これが、わたしの……わたしが選んだ〝人〟として歩む道だから」

「これからも……ずっとよろしくね、グレン」

「ああ」

そう言って。

リィエルはグレンを振り返り、やはり特上の笑みを向けるのであった。

かつて、人間性を剝奪され、ただ一振りの剣として生きていた少女の姿は、最早《もはや》どこにもない――

ルートNO．03リィエルED

FIN

If04. Rumia Tingel

比翼連理の二人

《無垢《むく》なる闇》は滅び、永劫《えいごう》回帰するグレンの戦いは終わった。

これより始まるは、まったく新しき白紙の未来。

グレンが一体、誰と共に歩み、どんな未来を描くのか？

これは、そんな様々な可能性に分枝《ぶんし》する未来の姿の一つ——どこかにあるかもしれない並行世界の話である。


————。


「見て見て！　ルミア先輩よ！」

「ぉおおお……今日も相変わらず、お美しい……」

アルザーノ＝レザリア大帝国は首都——帝都オルランドにある、魔導省の省舎内にて。

魔導官僚の制服に身を包み、省舎内廊下を颯爽《さっそう》と歩くルミアの姿に、同僚や後輩の官僚達からの、黄色い声や感嘆が上がった。

「ルミア先輩って、本当に凄《すご》い御方だよね……」

「ああ！　世界に名高きアルザーノ帝国魔術学院卒業後、あの世界一難しい試験だと有名な『帝国第一種特別官僚試験』に成績トップで、しかも最年少で合格した御方なんだよな⁉」

「それだけじゃないわ！　ルミア先輩は魔導官僚に登用されるや否《いな》や、様々な魔術法の整備や魔術教育環境の改革、異能者保護政策の推進など、もう滅茶苦茶《めちゃくちゃ》凄い成果を上げ続けてるんだから！」

「ルミア先輩のお陰で、世界の魔術の進歩がさらに半世紀ほど加速するって評判だよな……」

「凄い偉業だよね……」

「ふっ、何を言ってるんだ、お前ら。何もわかってないな……あの人が上げた偉業には、もっと凄いのがすでにあっただろ⁉　あの人は……先の大戦で、この世界を救った英雄達の一人なんだぞ⁉」

「はっ⁉」

「そ、そういえば、そうだった……」

「ルミアさんは、今から五年前の『空の大戦』で、メルガリウスの天空城における最終決戦に向かった英雄達の一人……」

「こ、功績が、すでに限界突破し過ぎている……」

「おまけに超絶的な美人で、なのに自分の功績や能力なんかまったく鼻にかけないし、誰に対しても公平で優しい人格者だし……もうあの人は聖女だよ！　聖女！」

「列聖は確実と言われるわね！」

「おまけに、実はアルザーノ帝国王家の遠い傍流の出身らしいぞ？」

「何ぃ!?　ど、どうりでロイヤルな雰囲気を纏《まと》っているわけだ……」

「ううぅ……男としてあの人にお近づきになりたいけど、あんまりにも高嶺《たかね》の花過ぎる……ぐすん」

「バカね！　そもそも、ルミア先輩にはすでに、想《おも》いが通じ合い、将来を誓い合った恋人がいるんだから！」

「そうそう。確か、同じく先の大戦の英雄、グレン＝レーダス……世界最強の魔術師だ。お前の出る幕なんて欠片《かけら》もないって」

「というか、ルミア先輩に釣り合う殿方って、もうグレン様くらいしかいないんじゃ？」

「うわぁああああああん！」

「泣くな。泣きたいのは、俺も一緒だから……あんな女神にも等しい人と同じ職場で働くなんて、男にとっては、ある意味拷問だ……」

「はぁ～、これだから、男共は。

それにしても、素敵よね……世界の存亡をかけた戦いを通して、通じ合う思い、愛し合う二人……まるで英雄譚《たん》みたい！　憧れちゃうわ～」

「まるでも何も、現代のリアル英雄譚なわけだが、その二人」

「まさか、伝説の誕生を目《ま》の当《あ》たりにするとは思わなかったよな……」

「そんなんだから、あの二人を題材にした小説が、もう市場に滅茶苦茶出回ってるらしい」

「なんか、教師と教え子っていう関係だったという設定が多いよな？」

「あっはははは！　さすが小説！　盛り過ぎでしょ！」

「確かになぁ……さらに話ができ過ぎてるっていうかさぁ……」

「それはともかく、ルミア先輩とグレン様、いつ結婚するのかしら？　私、ルミア先輩には超幸せになってほしい！　もう全身全霊で祝福しちゃうんだから！」

——そんな同僚や後輩達の井戸端会議に。

（は、恥ずかしい……）

省舎内の廊下を歩くルミアは、やや顔を赤らめながら、足早にその場を通り過ぎようとするのであった。

──。


「最近、とみに頑張ってますね、エルミアナ」

「うん、本当にね！　私も姉として鼻が高いわ！」

「あはは……」

そこは、帝都オルランドにあるフェルドラド宮殿。

代々帝国王家に連なる者達が居住するその宮殿の中庭にて、三人の女性達がテーブルを囲み、お茶会を行っていた。

現・アルザーノ＝レザリア大帝国の女王、アリシア七世。

ルミアの実の姉にて、次期王位継承者、レニリア王女。

そして、ルミア。

そんな王家の親子三人が集い、紅茶のカップを片手に、穏やかに談笑している。

「私の妹はこんなに頑張っているというのに、私なんかまだまだで……はぁ……私、本当に、お母様の跡を継げるのかしら……？」

「ふふ、焦《あせ》る必要はありませんよ、レニリア。貴女《あなた》も本当によく頑張っております。

確かに、政治や外交はまだ未熟ですが……貴女が大学で学んだ経済の才能は、私を大きく超えています。

長ずれば、きっと良き君主となるでしょう」

「そ、そうでしょうか……？」

「うん。レニリア姉さんなら大丈夫だよ。将来、私も帝国官僚の一人として、姉さんを支えるから。ね？」

「あはは、ありがとう、エルミアナ」

くすくすと笑い合う姉妹。

そんな二人を前に。

「それにしても……まるで夢みたい」

アリシアは、穏やかに夢見るように呟《つぶや》いた。

「こうして、また家族揃《そろ》って過ごせる時が来るなんて……」

「そうですね、お母様。この奇跡には感謝するしかありませんね」

レニリアがアリシアに同意する。

「本当に、色々ありましたからね……本当に……」

「……………」

しんみりと言うレニリアに、ルミアは紅茶の液面に映る自分の顔をじっと見つめた。

本来ならば、ルミアはこの国の王位継承権二位の第二王女——エルミアナ＝イェル＝ケル＝アルザーノだ。

だが、ルミアは異能の力を持つ異能者であった。

この国において、異能は忌《い》み嫌《きら》われる存在であり、不吉の象徴。

ゆえに、ルミアは病死したことにされて、王家から追放された。

当時の根強い異能差別の状況からして、王家の権威を保つために、追放せざるを得なかったのである。

だが、それも過去の話。

アリシアは長い時間をかけて、教育や法律を改革して、異能者差別問題を少しずつ改善していった。

そして、異能者であるルミアは、今や誰もが認める世界を救った英雄の一人だ。

それゆえに、こうしてルミアは再び公務の間を縫って、母や姉と会うことができるようになったのである。

「ごめんなさいね……貴女の王室籍の正式復帰は、さすがにまだ厳しい状況です」

「異能者問題、最近は相当に緩和されたけど……やっぱり根強いんですよね……おまけに先の大戦の復興でやることが山積みだし……」

「あはは、いいんですよ！　私は全然気にしてないです！」

申し訳なさそうなアリシアとレニリアに、ルミアが努めて明るく言った。

「私は、こうしてお母さんと姉さんにたまに会えるだけで十分ですから！

それに……私、ティンジェル姓も気に入っていますし！　だから、二人がそんなに気に病む必要ないんです」

「……そう言ってくれると、気が休まるわ」

ルミアの言葉に、アリシアが穏やかに微笑《ほほえ》んだ。

すると、ここでレニリアが揶揄《からか》うように言った。

「あら？　でも残念ね、エルミアナ。貴女はティンジェル姓を気に入ってると言ったけど……もうすぐティンジェル姓じゃなくなっちゃうもんね？　レーダス姓になっちゃうもんね？」

「――はうあっ⁉」

ぼんっ！　と、ルミアの顔が一瞬で真っ赤になった。

「うーん、やむを得ず追放されてしまった悲劇の王女様と、救世の英雄様のカップリング……ロマンチックねぇ……羨ましい！」

「ふふふ……グレンがエルミアナと結婚してくれるなら、今度こそエルミアナの王室籍の復帰を反対できる者など皆無でしょう」

「そして、英雄の血を迎え入れることができれば、アルザーノ王家は今後数百年は安泰……ナイス、妹！　よく射止めました！」

「まぁ、貴女が幸せなら、相手は誰でも良かったんですけどね。

それで？　エルミアナ、いつ結婚する予定なのですか？　私、早く孫の顔が見たいのですが？」

「あはは、となると私、もう伯母さんになっちゃうのかぁ～」

そんな風にアリシアとレニリアが囃《はや》し立《た》てていると。

「……ぅ……あはは……」

その一瞬、曖昧に笑うルミアの表情に、ほんの少しだけ陰が差す。

それを見逃すアリシアとレニリアではない。

「……どうしたのですか？　グレンとの関係で、何か不安なことでもあるのですか？」

「いえ、その……そんなことは……」

「嘘《うそ》。私、知ってるもの。エルミアナがそんな風に目を伏せて曖昧に笑う時って、絶対、何かある時だって」

「そ、それは……」

ルミアはお茶を濁そうとするが、アリシアとレニリアが、真《ま》っ直《す》ぐにルミアを見つめている。

まるでルミアの内心を見透かしているかのように。

そんな二人の目を前に。

「その……ええと……実は……」

ルミアは観念し、最近、ルミアの心にのし掛かっている不安を語り始めるのであった
――――。


「グレンと――」

「――疎遠になってる、ですって……ッ!?」

驚きの声を上げるアリシアとレニリアを前に、ルミアはやはり曖昧に、誤魔化すように笑う。

「あはは、そ、そんな大袈裟《おおげさ》なことじゃないんです……」

「大袈裟なことじゃないわけないでしょう⁉」

「一大事だわ！　国家存亡……いえ、世界存亡の危機に匹敵する一大事！」

「そんなに⁉」

鬼気迫る母と姉の反応に、ちょっと引いているルミアである。

「し、仕方ないんです……私は国に尽くす魔導官僚として、毎日忙しいし……」

「国に尽くしてる場合じゃないでしょう⁉　国に仕える官僚として、国と恋人、どっちが大切だと思っているのですか⁉」

「もう辞めなさい！　官僚！」

「先生は先生で、最近、フェジテで教師の仕事がとても忙しくなっているみたいで……」

「人を教え導く教師として、教え子と恋人、どっちが大切だと思ってるのですか⁉」

「もう辞めさせなさい！　教師！」

「お願い、ちょっと落ち着いて、お母さん、姉さん。さっきから言っていること滅茶苦茶《めちゃくちゃ》だよ……」

普段あまり見ない母と姉の興奮気味な様子に、ルミアはただただ困惑するしかない。

「そ、そんな状況だから、直接会う機会もどんどん減っていって……たまに私から魔導通信器で話をしようとしても……先生、いつも忙しくて、最近はろくに会話もできなくて……二言、三言くらいで、通話を切られてしまって……」

「エルミアナ……」

「……」

すると、ルミアは紅茶のカップをコトリと皿に置いた。

「だから……最近、少し不安なんです……このまま先生とは、どんどん疎遠になっていって……この関係はいつの間にか、なかったことになっちゃうのかなって……せっかく先生と想《おも》いが通じ合って恋人になれたのに……」

そんな風に、ルミアが哀《かな》しげに目を伏せていると。

「……レニリア」

「ええ、お母様。決まりですね」

がたん、と。

突然、アリシアとレニリアが、意を決したように立ち上がった。

「え？　決まりって……何が？」

「決まってるでしょう？　今から三人で行きますよ？　フェジテに」

「公務は残ってますが、最早《もはや》、それどころではありませんからね！」

「ええ！　これは国家緊急事態、最優先事項です！

大帝国女王アリシア七世の最終権限により強制遂行です！　さぁ、行きますよ！　エルミアナ！」

「え？　え？　ぇえええええええええええええ～～っ⁉」

アリシアに右腕を、レニリアに左腕を摑《つか》まれて、ずるずる引きずられていくルミアが、素っ頓狂な声を上げるのであった。

――――。

「……で。本日、女王陛下と王女殿下が、突然、行方不明になったわけなんだけど」

帝国宮廷魔導士団特務分室室長にて、アルザーノ＝レザリア大帝国軍の大元帥イヴ＝イグナイトは、職務室で頭を抱えていた。

「なんでも、陛下の執務室に置き手紙が残されてまして……レニリア王女殿下、ルミアさんと共に、グレン先輩の真意を確かめるべく、フェジテへ行くって……」

同じく特務分室室員、クリストフも曖昧に笑ってはいるが、どこか頰を引きつらせていた。

「……警備の兵士や王室親衛隊は何やってたの？」

「なんだかんだで、陛下も殿下も超一流の魔術師ですからねぇ……それに、ルミアさんには、時と空間を操る権能があります。

あの三人が本気で警備の目を掻《か》い潜《くぐ》ろうとしたら、無理ですよ……アルベルトさんでも居ない限り」

「…………」

「あはは、陛下も殿下も、ちょっとこういうお茶目なところがありますからねぇ……」

クリストフがそんな風に笑っていると。

「仕事を！　増やすなぁあああああああああああああああああああああああああ──っ！」

イヴが目の前に山のように積まれた書類を怒りに任せて引き千切り、泣きながら叫ぶのであった。

──────。

「と、いうわけで、私達親子三人、フェジテにやって来ました」

「あはは、行動が早いなぁ。いいのかな、本当に……」

フェジテの街中に、アリシア、レニリア、ルミアの三人の姿があった。

アリシアもレニリアも、今は、普段のロイヤルなドレス姿ではない。

密偵が着用するような黒スーツに着替えている。

しかも、二人とも身分や素性を隠すため、黒いサングラスをかけているので大変怪しかった。

(ちょっと、恥ずかしい……)

ルミアは普段通りのフォーマルなスーツ姿なので、明らかに浮いている二人と並んで歩くのに抵抗感が否《いな》めなかった。

「それで？　エルミアナ。今、グレン先生はどちらに？」

「ええと……この時間なら、学校で授業やってるんじゃないかな……？」

レニリアの質問に、ルミアが思い出すように答える。

「さすがに、急に押しかけたら悪いから、本日の授業が全部終わるまで待って……」

「甘いですね、エルミアナ」

アリシアがルミアの意見を冷たく斬って捨てた。

「何のために、私達三人がお忍びでフェジテまでやって来たと思っているのですか？」

「エルミアナ。グレン先生を徹底的に内偵調査するわよ！　徹底的に！」

「え？　えええええ〜〜〜っ⁉」

まったく聞いていない話に、ルミアが素っ頓狂な声を上げる。

「ど、どうして⁉」

「落ち着いて考えなさい。グレンが一体なぜ、貴女《あなた》という、この世界において至高で最高で究極の女性と恋人関係になっておきながら、連絡すらなおざりにするその理由を」

「ごめん、お母さん。人前で凄《すご》く恥ずかしいからやめて？」

「それは——浮気《うわき》！　新しい女性ができた可能性があるからですっ！」

ルミアが顔を真っ赤にしている前で、アリシアが断言した。

「そう！　貴女は至高で最高で究極で最強の女性だから、全ての殿方は貴女の前にひれ伏し、身も心も魂までも尽くすに決まっているのです！　馬車馬のごとく！」

「だから、本当にやめて……」

「だというのに、そうならないということは……？　レニリア？」

「はい。つまり、グレン様に新しい女ができた……そういうことですね？　さすが、お母様。戴冠以来、長きに亘《わた》り、帝国と民を護《まも》り続けた稀代《きたい》の名君……素晴らしい洞察力です」

「……この国は、わりと紙一重だったんだね」

「私も次期女王として、見習わなければ……」

「この国は、もう次で終わりかな？」

どこかノリとテンションがおかしい二人に、ルミアはたじたじである。

「ふ、二人とも大袈裟だよ……先生に限って、そんなことあるわけ……」

「本当に、そう言い切れるのでしょうか？」

「ええ、貴女は甘いわ」

宥《なだ》めるように言うルミアに、アリシアとレニリアが詰め寄る。

「〝英雄、色を好む〟という言葉があります」

「そう！　貴女という女性がいながら、グレン様が様々な女性をとっかえひっかえ食い散らかしていたとしても……何も不思議ではないのです！」

「お母さんと姉さんは、先生を一体、なんだと思ってるの？」

「それを差し引いたとしても、グレンはとても魅力的な男性……多くの女性が彼を放っておかないことでしょう」

「そ、それは……まぁ……そういうこともあるかもだけど……」

「実を言うと、かくいう私も、後二十歳若ければ、グレンを誘惑したかもしれません」

「私もエルミアナより早く、グレン様と出会えていれば……くっ！」

「なんなの、その唐突なカミングアウト⁉　私、このまま先生とゴールインできたとしても、毎日がすっごく不安だよ⁉」

聞きたくもない暴露に、ルミアは頭を抱えて叫ぶしかない。

「まぁ、そんな冗談はさておき、あの学院には、多くの若くて魅力的な女子生徒達がいます。

彼がつい、教え子に手を出してしまう……男性である以上、その可能性は大いにありえるでしょう」

「教師でありながら、教え子に手を出すなんて……なんという外道！　英雄といえど許せません！」

「ええ、教え子に手を出すような殿方に、私達の大切なエルミアナは渡せませんね！」

「あのぉ……私がそもそも、グレン先生の教え子なんだけど……？」

当然、そんなルミアの突っ込みはスルーされる。

「というわけで！　行きますよ、エルミアナ！」

「本日は、グレン様の本性を徹底的に暴いて差し上げますわ！」

「あー、これは抗《あらが》えない流れだね」

そんなこんなで。

ルミアは、アリシアに右腕を、レニリアに左腕を摑まれて、ずるずる引きずられていくのであった……


────。


こうして三人は、グレンが魔術講師を務めている、アルザーノ帝国魔術学院へと潜入した。

(懐《なつ》かしいな……)

卒業した数年前とほとんど変わらない校舎や敷地《しきち》内を、感慨深く見回すルミア。

だが、施設や建物は変わらねど、見知った顔の生徒達は当然、一人もいなかった。道をすれ違う誰もが、ルミアの知らない生徒である。

わかってはいたことだが、ほんの少しの切なさと哀愁は否めなかった。

(当然だよね……もう、皆、とっくに卒業して、それぞれの進路に進んだんだもの……)

卒業後、リィエルは軍に復帰したし、システィーナは研究者として学院に残ったものの、現在は新進気鋭の魔導考古学者として世界中の古代遺跡を精力的に飛び回っているところだ。

さすがに講師や教授陣の顔ぶれはさほど変わっていないはずだが、アリシアとレニリアがいるため、挨拶回りに行くわけにはいかない。

むしろ、大騒ぎ確定なので、見つかったら不味《まず》い。

「あ、お母様。グレン様がいらっしゃいましたよ？」

そうこうしているうちに、レニリアが遠見の魔術でグレンの姿を捉えたらしい。

現在、グレンは校舎内のとある教室で、生徒達相手に授業を行っている最中だった。

そんな様子を、校舎外から魔術でのぞき見ている形である。

「でかしました！　座標を教えてください！　そして、本日はじっくりとグレンを観察しましょう！」

「い、いいのかなぁ……？」

とはいえ、ルミアも最近のグレンの様子は気になるところだし、久々に顔も見たい。

のぞきの形になるとはいえ、直接グレンの顔を見るのは、本当に久しぶりである。

罪悪感を覚えつつも、レニリアが教えてくれた座標を元に、ルミアも遠見の魔術を起動するのであった。

――――。

校舎の外から、三人が魔術でグレンの観察を始めて、すぐにわかったことがあった。

それは――……

「やっぱり、グレン……教師として、とても熱心な御方ですね……」

「ええ、私もグレン様のような御方に教えを乞いたかったです」

思わずアリシアとレニリアの二人がそう感嘆を零《こぼ》してしまうほど、グレンは、熱心に授業を行っていた。

魔術の深奥《しんおう》に通じる難解な知識を、グレンなりにかみ砕き、平易にわかりやすく理路整然と講義する。

生徒達の質問に対しては、相手が理解できるまで何度でも、熱心に解説をする。

その横顔は、とても真剣で、真摯で……久々に目の当《まあ》たりにしたグレンの講師としての姿に、ルミアは改めて惚《ほ》れ惚れとしてしまうほどであった。

（先生……やっぱり格好いい……）

ルミアが思わずときめいていると。

「ふふっ……ところで、若返りの魔術薬って、どう作るのでしょうか？」

「過去に時間移動する秘術は……」

アリシアとレニリアが、冗談とも本気とも取れないことを言い始め、ルミアは全力でスルーした。

（私……やっぱり、先生のこと好きだな……）

改めて、ルミアはそう思う。

（先生はこんなに頑張っているんだもの……私と会えなかったり、お話できなくなったりも仕方ないよね……私なんかが先生の邪魔したら駄目だよね……うん……いつか、先生のお仕事が落ち着いたら……その時は……）

内心の不安を押し殺し、ルミアは今の寂しい苦難の時期を耐える決意をするのだが……

その時、同時にふと思ったのだ。

（でも……なんだろう？　今の先生の姿……とても熱心で、格好いいんだけど……同時に、何かを焦《あせ》っているような……？）

グレンと長い付き合いだから、ルミアには、なんとなくわかったのだ。

今のグレンは仕事が忙しいという状況を超えて、どこか余裕がない。

まるで、グレンにはもう時間が残されていなくて、残り少ない時間で精一杯のことをやろう……そんな必死の決意と雰囲気が、どこかに漂っている。

(気のせい……かな？　気のせい……だよね……？)

ちくりと心を刺すような不安を、ルミアは必死に紛らわせるのであった。


——。


やがて、終鈴の鐘の音と共に、グレンの授業が終わる。

グレンは何かに急《せ》かされているように教室を出るが。


「「「先生ぇ～～～～～っ！」」」


追いかけてきた無数の女子生徒達に、グレンはあっという間に取り囲まれてしまっていた。

「ねぇ、先生～～っ！　これから休憩時間でしょ～っ？」

「私達と一緒に、お茶会しましょうよぉ～～っ♥」

「いやいや！　私達に特別授業をお願いしまぁす♥」

「ええい！　鬱陶しいわ、お前ら！　離せぇ！」

グレンが面倒臭そうに女子生徒達を追い払おうとするが、女子生徒達はますます、きゃあきゃあと盛り上がってグレンにベタベタと張り付いていく。

左腕に絡《から》みつき、右腕にぶら下がり、背中に抱きつき、正面から抱きしめ……そんな女子生徒達の誰もが、顔を赤らめ、グレンを熱っぽくうっとりと見つめている……

そんなグレンの様子を、校舎の外から遠見の魔術で観察していたアリシアとレニリアが言った。

「……モテモテですね」

「ええ、モテモテです。よりどりみどりです。完全にハーレムです」

「…………」

ルミアは微笑のまま無言だった。

ひたすらに無言だった。

「そ、その……エルミアナ？　これは……さすがに仕方ありませんよ？」

「で、ですよね……なにせ、救世の英雄、生きた伝説ですからね……それに元々わりとハンサムな御方ではありましたし、優秀な教師ですし……年頃の少女達にとってはもう……

「……気にしてません。私、全然、気にしてませんから」

だからその……あまり気にしちゃ駄目よ？　エルミアナ？」

ルミアはニコニコとしている。

いつも通りにニコニコとしている。

だが、笑っていない。

さっきまで、隙あらばグレンを誘惑しようと悪ノリで嘯《うそぶ》いていたアリシアとレニリアが後悔して、恐怖で背筋が寒くなってくるほど、笑っていない特上の笑顔であった。

（それは……先生は格好いいから、女子生徒達からモテるだろうなって思ってはいたけど……ま、まさかここまでなんて……）

内心だらだらと冷や汗をかきながら、ルミアがもの思う。

（まさかひょっとして……本当に、女子生徒達の誰かと浮気《うわき》してる……なんてことないよね……？　そのせいで私と先生が疎遠になってるなんて……そんなことないよね……？）

ないと信じたいし、信じているが、グレンがここまでモテモテだと、ルミアとしては、どうしたって不安になってくる。それは仕方ないことだ。

そして、まるでそんなルミアの不安が伝播《でんぱ》でもしたかのように、直球の話題が、グレンを取り囲む女子生徒達の一人から上がった。

「ねぇ、先生ぇ〜〜？　あの話、考えてくれましたぁ？　私とぉ、お付き合いしてくれませんかって話ぃ？」

めしゃあ！

「え、エルミアナが、街路樹の幹を素手で握り潰した……ッ!?」

「あ、貴女《あなた》、いつからそんなパワー系に!?　我が妹ながら恐ろしい子！」

そんな据わった目をするルミアを余所《よそ》に、女子生徒のグレンに対する誘惑は続いている。

「だって、先生って、もうすぐ学院を……、でしょう？

でも、私、わりとマジで先生のこと好きなんですよぉ？　だからぁ、その前にぃ？　私とぉ……」

いかにも遊び慣れている風に、女子生徒はグレンへと迫るが……

「ええい、駄目だ駄目だ、マセガキ！　俺とお前は教師と生徒だ！　それをさっ引いても、俺にはもう心に決めた女がいるんだよ！

だから駄目だ！　そうやって俺を慕ってくれるのは嬉《うれ》しいが、いい加減、諦めろ！」

下手に希望を持たせるほうが、よほど相手を傷つける。ゆえに、そうきっぱりと言い捨てて。

グレンは、絡みついてくる女子生徒達を振りほどき、その場から足早に去っていってしまう——

（せ、先生……）

そんなグレンの様子に、ルミアは思わず胸が熱くなる。

（良かった……先生はやっぱり、私のことを忘れたわけじゃなかった……最近はお互いに忙しくて、疎遠になっちゃったって思っていたけど……そんなの、私が勝手に不安になっていただけだったんだ……）

安堵《あんど》したルミアが、目尻に滲《にじ》む涙を拭っていると。

「私は、グレンのことを信じていましたよ？」

「ええ。私も、グレン様はエルミアナを任せるに相応《ふさわ》しい御方だと、最初からわかっていました」

「……どの口が言ってるのかな？　お母さん？　姉さん？」

腕組みして後方訳知り顔しているアリシアとレニリアに、ルミアがジト目で突っ込んでいた。

そして、遠くで三人がそんなやり取りをしている間にも、取り残された女子生徒達の会話は続いていた。

「あーあ……やっぱり、フラれちゃった……ぐすっ……ひっく……先生……先生ぇ……うあああああん……」

「……泣かないの、シャル」

「いかにも遊んでる風なキャラを装《よそお》っていたけど、シャルってば、先生にマジだったもんね……」

「でも、仕方ないよ……元々、先生には、もう心に決めた女性がいたんだもん……」

「ぐすっ……ひっく……もうすぐ結婚するんだよね……うわぁあああん、先生、お幸せにい～～っ！」

グレンにフラれた女子生徒が泣きじゃくりながら祝福する。

そんな女子生徒の姿に、ルミアがほんの少し心を痛めていると。

「先生が、放課後にいつも会っているあの黒髪の女の人……滅茶苦茶《めちゃくちゃ》美人だし、きっと、先生に相応しい人なんだよねぇ、うわああああん」

「いいなぁ……羨ましいなぁ……あの黒髪の女の人……」

そんな女子生徒達の言葉に。

びしりっ！

ルミアが固まった。

「え？　黒髪の……女性……？」

「いつも放課後に会っている……？」

アリシアとレニリアも固まった。

「「「…………」」」

しばらくの間、三人の間に、独特の緊張感漂う沈黙が流れて。

やがて。

「ふっ……やはり、〝英雄、色を好む〟……私の予感が当たってしまいましたね……」

「ええ、まったくです。やはり、グレン様はエルミアナに相応しくありません……」

「とりあえず、その場当たり的な神速の掌《てのひら》返しやめよう⁉　ね⁉」

ゴゴゴゴゴ……と、異様なオーラを放ち始めるアリシアとレニリアに、逆に冷静になってしまったルミアが突っ込みを入れる。

「エルミアナという子がありながら……救世の英雄といえど、これはもう完全に有罪ですね……」

「国家反逆罪、王室侮辱罪、結婚詐欺罪その他もろもろを、適当に盛りに盛って極刑に処すべきではないかと」

「それです」

「ま、待って⁉　待って⁉　きっと、何かの間違いだから⁉　先生に限ってそんなことあるわけないから⁉　ま、まずは、事実関係を調べよう⁉　ね⁉」

すっかり頭が沸騰してしまったアリシアとレニリアを宥《なだ》めながら、ルミアは必死に不安を押し殺すのであった。

（先生……私達、大丈夫ですよね？　信じて……いいんですよね……？）

――――。

やがて、本日の学院の授業が全て終わり、放課後になる。

放課後になると、グレンは学院を後にし、街中へ。

ルミア達は、そんなグレンの後をひそかに尾《つ》けていく……

「放課後、いつも密《ひそ》かに黒髪の女性と会っているとのことでしたが……」

曲がり角の陰から、前方を歩くグレンの様子を窺《うかが》いながら、アリシアが言った。

「もし、その話が本当でしたら、グレンはこれからその女性と会うということになりますが……」

「……そうですね、まずはその真偽から確かめねばなりません」

アリシアとレニリアが気遣うように振り返ると、そこには不安げなルミアが佇《たたず》んでいた。

(先生……)

ルミアの中では、不安がどんどんと募っていく。

なにせ、今、グレンは真《ま》っ直《す》ぐ帰宅しているわけではない。歩いて向かっている方向に、今、グレンが住んでいるアルフォネア邸はないのだ。

ルミアが思わず目を閉じ、ぎゅっと手を握りしめる。

だが、その時、そんな今にも泣きそうなルミアを励ますように、アリシアとレニリアが言った。

「大丈夫ですよ、エルミアナ。さっきはああ言いましたが……私はグレンを信じています。グレンが貴女以外の女性と会っているなんて……そんなの嘘《うそ》に決まっています」

「お母様の言うとおりよ。まずは貴女が信じてあげなくちゃ……」

「お母さん……姉さん……」

ルミアがやや涙に滲んだ目で、母や姉を見上げる。

（そうだ……まだ、生徒達の噂《うわさ》に過ぎないんだ……私が、先生を信じなきゃ……信じてあげなくちゃ……）

決意を新たに、ルミアがグレンの背を再び見据えた……その時だった。

「よぉ、待ったか？」

「いえ、いつも通りですよ」

グレンの前に、長い黒髪の美人が現れていた。

びしりっ！

再びルミアが固まった。

「やはり、浮気をしていましたか……私は最初から、グレンがそういう人だと思っていましたよ……」

「だから、言ったでしょう？　あんな殿方、信じたら駄目だと……」

「もう、本当にその掌返しやめて⁉　二人とも、そろそろ手首がもげちゃうよ⁉」

ゴゴゴゴゴ……と、異様なオーラを放ち始めるアリシアとレニリアに、ルミアが突っ込みを入れる。

そうこうしている間に。

「それでは、時間も惜しいですから、早速、いつもの場所へ向かいましょうか？」

「ああ、よろしくお願いするぜ」

「ふふふ、今夜は寝かせませんよ？　覚悟していてくださいね？」

「……ははは、お手柔らかに頼むぜ。クロエさん」

そんなことを言い合いながら、グレンと黒髪の女性が連れ立って、歩いていって……

「お母様。粛清です」

「ええ。これより特務分室へ女王の名において第一級緊急勅令を入れます。〝国家反逆者グレン＝レーダスと、その泥棒猫を始末せよ〟と――」

「私も直属の王室親衛隊を動かし、事後の処理を――」

「待って！　二人とも待って！　待ってぇえええええ――ッ⁉」

なんかとんでもないことをしようとし始める二人を、ルミアが慌てて止める。

「まだ、浮気《うわき》って決まったわけじゃないから！　ね⁉　ね⁉」

とはいえ。

さっきの会話から考えるに、これはさすがに、ほぼ確定な気がしてきたルミアであった。

（先生、やっぱり……本当に……？）

泣きたくなってくる。

システィーナからグレンのことを任されたというのに、なんて不甲斐《ふがい》ないことだろう。

自分がグレンとの絆《きずな》は不変のものだと慢心したばっかりに、グレンの心はとっくに自分から離れてしまっていたのだ。

きっと、自分がグレンに甘えていたせいなのだ。

（先生……）

それでも、一縷《いちる》の望みは捨てきれずに。

ルミア達は、グレン達の後を尾けていく。

やがて、前方を行くグレン達の前には、一つの屋敷《やしき》が現れて。

その中へ、二人で入っていったのであった。

「……確定ですね、これ」

「ええ、残念ながら」

その様子を見送ったアリシアとレニリアは、ジト目でそう結論した。

「…………」

ルミアは真っ白になっていた。

「ここが、あの女のハウスですか。いかにも品性がありませんね」

「ええ、本当に。で？　お母様、どうします？」

「ふふっ……決まってるじゃないですか」

アリシアがにっこりと笑った。

「殴り込みですぅううううううううううううう――ッ！」

アリシアの全身から凄《すさ》まじい魔力が立ち上った。

「その言葉、待ってました！」

レニリアの全身からも凄まじい魔力が立ち上った。

二人は魔術大国の王族ゆえに、魔術の英才教育を受けている。二人とも超一流の魔術師でもあるのだ。

「私の可愛《かわい》いエルミアナを弄んだ外道共に、女王自ら裁きを下してやりますぅううう！」

「泥棒猫も同罪で極刑ですぅうううううううううう——っ！」

そんなことを叫んで、アリシアとレニリアが、屋敷内へ猛然と踏み込もうとして——

「待って！」

ルミアが咄嗟《とっさ》に《銀の鍵》を取り出し、アリシアとレニリアの存在する空間を凍結させ、止めた。

そして、二人を置いて、ルミアが屋敷へ向かって駆け出す。

（先生……先生……っ！）

きっと、これから自分は見たくない光景を見てしまうのだろう。

だけど、逃げるわけにはいかない。

ルミアは現実と向き合わなければならないのだ。

そして、それがグレンの将来の幸福に繋《つな》がるなら……自分は身を引いて、祝福しなければならない。

それは辛《つら》いことだが……必要なことだから。

だから――


（先生――ッ！）


ルミアは意を決して、《銀の鍵》の力を使い、屋敷の玄関扉をすり抜け、屋敷内を駆け抜けていく。

そして、グレンとあの黒髪の女性の気配がする部屋の扉を、勢いよく開いた。

ばぁんっ！

「先生、待ってくださいっ！　お話がありますっ！」

そう叫ぶルミアの前に広がっていた光景は──

「あ、あれ？」

──まるで予想外のものだった。

そこは、寝室とかではなく。

簡素な机や椅子が並んでいる。奥には黒板がある。まるで、ちょっとした学校の教室のようだ。

そして、グレンは机につき、件《くだん》の黒髪の女性は、開いた本を片手に黒板の前に立ち、何事か黒板へと書き込んでいる。

「……は？　ルミア？」

グレンが目を点にして、ルミアを振り返っている。

グレンがついている机の上には様々な本が開かれて並べられ、グレンは板書用のノートに、羽根ペンで何かを書き込んでいる最中である。

その光景はまるで……グレンがなんらかの授業を受けているような、そんな感じであった。

「お、お前……フェジテに帰ってきてたのか？　なんだよ、帰るなら一言言ってくれりゃ良かったのに……って、なんで、俺がここに居るってわかったんだ？」

まるで意味がわからないとばかりに、首を傾《かし》げているグレン。

「え、ええと……これは一体、どういう状況なんですか……？」

当然、ルミアも意味がまるでわからず、目をぱちくりさせている。

すると。

「あ、あの……グレンさん？　この子は一体……？」

黒髪の女性が、グレンとルミアを交互に見て、やがて、合点《がてん》がいったかのように手を打ち合わせた。

「あっ！　ひょっとして、この子が、グレンさんがいつも『俺にはもったいない女だ』って惚気《のろけ》ていたルミアさんですかぁ⁉　うわぁ～、聞きしに勝る可愛さと美貌ですぅ～、グレンさんも隅に置けませんねぇ～」

黒髪の女性は、そのまま楽しそうに笑い始めて。

そのまま、グレンとルミアは、なんとも気まずい沈黙の時間を、しばし過ごすのであった。

――――。

「えええ⁉　ここ、クロエさんの私塾だったんですか⁉　それで、グレン先生が、ここの生徒ぉ⁉　今夜は徹夜で授業予定ぇ⁉」

屋敷の応接間にて。

ルミアは、黒髪の女性——クロエから全ての説明を受けて、思わず叫んでいた。

「そうなんですよぉ。まだ始めたばかりで生徒数は少ないんですが、教師としての腕には自信あります！

それに、私はすでに既婚者。夫とはラブラブで、浮気なんて間違ってもありえませんから、ご心配なく！」

「は、はぁ……」

すると、少し離れたソファーに座るグレンが口を挟んだ。

「クロエさんは、セリカの古い友人らしくてな。それでセリカに紹介されて、お世話になることになった」

グレンは気まずそうにポリポリと頰をかいていた。

「で、最近、こっちの勉強が忙しくて……お前への対応が、なおざりになっちまってた。不安がらせちまったみたいだな。マジで申し訳なかった。すまん」

「せ、先生……」

「その……多分、俺、お前に甘えてたんだよ……少し離れても、お前なら大丈夫……お前ならきっとわかってくれる……俺とお前の絆は絶対だから、何も問題ないって……その……マジですまん。恋人失格だよな……」

グレンが本当に申し訳なさそうに、ルミアに向かって頭を下げる。

「い、いえっ！　私の方こそ本当にごめんなさいっ！　勝手に不安になって、勝手に疑って……私の方こそ先生の恋人失格です……」

ルミアも涙目で、申し訳なさそうにグレンへ頭を下げる。

すると、そんな応接間の片隅で、後方訳知り顔で腕を組んで佇《たたず》んでいるアリシアとレニリアが言った。

「だから言ったでしょう？　エルミアナ。グレンを信じなさい、と」

「ふふっ、私は最初からずっと、グレン様を信じていましたよ？」

「……もう、お母さんと姉さんは黙ってて？　ね？」

ルミアは虚無の表情だった。

「でも、先生……一つ聞いていいですか？」

「なんだ？」

「ここは、私塾だと聞きましたが……一体、何を教える塾なんですか？　先生ほどの人が、他人から教わらなければいけないことなんて……一体？」

至極真っ当なルミアの疑問に、グレンがちょっと気まずそうに、傍《かたわ》らにあった一冊の本をルミアへと差し出す。

「これだ」

「あれ？　これって……」

その本は、ルミアにとって見覚えがある。ありすぎる。

その本は――

「て、『帝国第一種特別官僚試験』の過去問題集……？」

厳しい試験を経て官僚となったルミアにとっては、内容をそらんじられるほど、手垢《てあか》がつくほど触れた本だ。

「さすがに魔術はともかく、帝国法とかは門外漢だからな……一度、誰かに一から教えてもらう必要があってな……」

「で、でも、なんで……？」

そんな不思議そうな顔をするルミアへグレンは宣言した。

「ルミア。俺は今年いっぱいで教師を辞める。そして、お前と同じこの国の魔導官僚になる」

「え？　……え？　ええええええええええええええええっ!?」

ルミアが目を見開いて叫んだ。

「ど、どうしてですか!?　だって、先生は教師の仕事がお好きなのでは……ッ!?」

「ああ、わりと気に入ってはいる。だけどな、お前達が卒業して一人前になって……俺の中で一つ区切りが付いたんだよ。

そうだ、俺はやりきった。セリカに言われるまま、惰性で続けていたことに、ついに決着がついたんだ。

そして、今の俺が、本当にやりたいことは何かを考えた。

その結果が……これだ」

グレンが立ち上がり、ルミアに迫った。

「俺は……お前の力になりたい。この国のため、一生懸命頑張るお前を支えてやりたいと思ったんだ。

だから、俺は教師を辞めて、お前と同じ官僚になる。

〝ただ、歩み続けるだけでいい〟……夢の形は変わったって構わないんだ。これが、俺のこれからの新たな道なんだ。後悔はない」

「せ、先生……」

グレンの真摯な瞳に、真剣な言葉の一つ一つに、ルミアの身体《からだ》が震えていく。思わず涙が零《こぼ》れていく。

もちろん、感動と嬉《うれ》しさで。

「そして、その……なんだ？」

すると、グレンが顔を赤らめ、そっぽを向いて、頭をかきながら、ごにょごにょと呟《つぶや》いた。

「その……もし俺が今度の試験で合格して、首尾良く魔導官僚になれたら……その時は……その……こんな状況で言うのもアレなんだが……俺達、一緒にならねえか？　有り体に言えば……その……結婚っつーか……？」

その瞬間だった。

ルミアがグレンに飛びつくように、抱きしめていた。

「る、ルミア……？」

「はい……はいっ！　嬉しい……ありがとうございます！　大好きです、先生……ッ！　心からお慕いしています……私達……ずっと、ずっと一緒です……ずっと……」

そして、ルミアはグレンを抱きしめたまま、涙を流し続ける。

グレンはしばらく呆気《あっけ》に取《と》られていたが、やがて、そんなルミアの頭を優しく撫《な》でてやるのであった。

「うーん、若いっていいわぁ」

クロエは、そんな二人を微笑《ほほえ》ましく見守っていて。

そして──

「レニリア」

「はい、お母様」

「魔導省と帝国官僚試験管理局へ、女王名義の特命通達、お願いね」

「はい！　任せてください！　グレンさんが確実に試験合格するように──」

「不正な裏口合格は絶対駄目だよ、お母さんんんんん──ッ!?」

「なんか、そんなんなりそうだったから、ずっと言わなかったんだよなぁあああああああ──っ！」

ルミアとグレンの突っ込みが、屋敷《やしき》内に響き渡るのであった。

そして──

──。

月日は流れ。

アルザーノ＝レザリア大帝国は首都――帝都オルランドにある、魔導省の省舎内にて。

「あなた、頼んでおいた資料の作成はどうなりました？」

「ああ、問題ない。完璧だ」

「ふふ、ありがとう、あなた。これで今度の『円卓会』への新魔術法案の説明会はばっちりだね」

官僚の制服に身を包むルミアと、同じく官僚の制服に身を包むグレンが、並んで歩いていた。

今のルミアは魔導省のとある大部署の局長、グレンはそんなルミアの補佐官を務めている。

そして、そんな二人の左手の薬指には、まったく同じデザインの指輪が嵌《は》められていた。

「しかし、今回のこの案件が終わったら、しばらく余裕ができるよな……なぁ、ルミア。たまには有休取って、どこか二人で旅行行かねえか？」

「あっ、いいですね！　行こう、行こう！　ふふふ、久々にあなたと旅行……楽しみ！」

「そのためにも、今度の説明会、気合入れて頑張れ。俺も全力でサポートするからよ」

「はいっ！　あなた」

そう嬉しそうに言って。

ルミアが自分の手をグレンの手に絡《から》める。

ぎゅっとグレンの手を握る。

「ねぇ、先生。私、幸せ」

不意に、ルミアが穏やかに微笑みながらグレンへ言った。

「……ルミア？」

「こうして、先生がいつも私の隣にいてくれて……二人で一緒に同じ道を歩いて行くことができて……本当に幸せ」

「……俺もだよ」

苦笑いしながら、グレンも応じる。

「ねぇ、先生……これからも一緒に……ずっと一緒に……私と共に歩いてくれますか？」

「当然だ。俺も、もうお前なしじゃ生きていけねーからな。お前が嫌がって俺を捨てたとしても、無理やりついていくぜ？」

そんな風に嘯《うそぶ》くグレンに。
ルミアは、ほんの一瞬だけ背伸びして、グレンの頬に口づけして。
そして、心の底から幸せそうに言うのであった。
「ありがとう、先生。大好き。今までも……そして、これからも。
ずっと……ずっと大好きです」

ルートNO．04ルミアED

FIN

If05. Sistine Fibel

愛しい貴方へ

《無垢《むく》なる闇》は滅び、永劫《えいごう》回帰するグレンの戦いは終わった。

これより始まるは、まったく新しき白紙の未来。

グレンが一体、誰と共に歩み、どんな未来を描くのか？

これは、そんな様々な可能性に分枝《ぶんし》する未来の姿の一つ——どこかにあるかもしれない並行世界の話である。


————。


「——というわけで！

今回、私、システィーナ＝フィーベルが行った『ロルヴァの大灯台』の探索の成果と、かの神殿から新たに発見した出土品……各種碑文や魔法遺産、魔導書の解析結果に関する講義を終了します！

皆さん、ご清聴ありがとうございました！」

アルザーノ帝国魔術学院の大講義室にて。

女性教授用の白いローブを纏《まと》ったシスティーナが、教壇の前でそう締めくくって一礼すると。

どっ！

魔導考古学を専攻する生徒達や教授・講師陣で満員御礼《おんれい》だった大講義室内から、まるで天地がひっくり返らんばかりの拍手と大歓声が沸き上がった。

「うおおおおおおっ！　あの難攻不落の古代遺跡、『ロルヴァの大灯台』が最深部まで探索攻略されるなんて、まさに歴史的偉業だ！」

「しかも、今回発見された碑文から判明した歴史的新事実や、魔法遺産の力……これまでの魔導考古学会の常識がひっくり返ってしまうぞ！」

「凄《すご》い！　凄すぎる！」

「さすが、新進気鋭の若き魔導考古学教授！　システィーナさんっ！」

「さすが、先の大戦の英雄の一人！」

「これは、先達の我々もうかうかしていられませんな……ッ！」

その場の誰も彼もが、今回のシスティーナの偉業と大発見を讃《たた》え、興奮と感動に打ち震えている。

そして、システィーナが先ほどまで行っていた講義内容について、自分達の説も交えて、ああだこうだと大盛り上がりであった。

「ふぅ……」

そんな風に盛り上がる一同を尻目に、講義を終えたシスティーナが一息吐《ひといきつ》いていると。

「よう。講義お疲れさん、白猫」

大講義室の最前列の端っこに腰を据えていたグレンが立ち上がり、システィーナの下へとやって来て、労《ねぎら》いの言葉をかけてくる。

「今回も滅茶苦茶《めちゃくちゃ》良い講義だったぜ。非の打ち所なしだ」

「本当ですか!? ふふっ、これも遺跡探索や講義準備に、いつも協力してくれる先生のおかげです! 本当にありがとうございます、先生!」

「おいおい、先生やめーや。お前はとっくに学院を卒業して、もう俺の生徒じゃねぇーんだぞ?」

「それはそうですけど……」

「それに、ほら、見ろ。俺は、まーだヒラ講師のままだし、お前は今やこの学院を代表する教授サマだ」

グレンは、自分の講師服とシスティーナの教授服を見比べて肩を竦《すく》める。

「それに今の俺は、立ち場的には魔導考古学教授としてのお前の助手……もうとっくの昔に、立ち場逆転してんだっつーの」

「別にいいじゃないですか。私にとって先生は先生なんですから。

それに先生の出世が遅いのは、普段の素行が悪かったり、論文書くのサボってる自業自得《じごうじとく》です！」

「へーいへい」

「そ　も　そ　も！　先生だって、いい加減、私のこと白猫呼びやめてくださいよ！　なんかいつまでも子供扱いされてるみたいで嫌なんですけど！」

「あー、いや……なんていうか……お前がいくら大人になっても、俺より偉くなっちゃっても、俺の中では、お前は白猫なんだよなぁ……」

「だーかーら！　せめて私の教え子達の前ではやめてくださいってば！　恥ずかしいんですってばぁ！」

そんな風に、いつものように喧々囂々《けんけんごうごう》と言い争いを始めるグレンとシスティーナを前に。

システィーナの教え子である生徒達は、微笑《ほほえ》ましげに顔を見合わせた。


「あははは、システィーナ先生とグレン先生は相変わらずだなぁ」

「あの二人は、この学院の名物ですからね」

「二人とも、四年前の世界存亡を懸けた大戦の英雄で、その頃からの相棒なんだよね？」

「システィーナ先生の最近の凄《すさ》まじい躍進も、グレン先生の支えがあってのものだからね！」

「あの二人が組むと、もう向かう所敵なしって感じだよね⁉」

「ああ！　システィーナ先生とグレン先生は世界最強の黄金コンビさ！」


そんな自分の教え子達の話に、システィーナがどうにもくすぐったさを覚えていると。

その教え子達の一人が、こんなことを言い始める。


「でも……結局の所、システィーナ先生とグレン先生って、どういう関係なのかな？　ひょっとして……二人は恋人同士なのかな？」

その言葉を聞いて、システィーナは一瞬、ドキッとするが。

他の教え子達は、キョトンとして目を瞬《しばたた》かせて。

やがて、手を振りながら一斉に口を揃《そろ》えてこう言った。


「「「いやいやいやいや！　それだけはないないないない！」」」

「あはは、だよねー？」


ガクン。途端、システィーナがジト目で頭を傾ける。

そうしている間にも、教え子達の話は進んでいく。


「あの二人って、確かにいつも一緒に居るし、仲は良いみたいなんだけど……なぁんか、恋人同士って感じじゃないんだよなぁ～？」

「師匠と弟子？　相棒？　もしくは……悪友同士？」

「まぁ、精々そんなとこだよな」

「なんか、色気ある話に永遠に発展しなそうな二人なんだよな」

「実際、そんな雰囲気、この学院で見たことないし……」

「ということは！　ひょっとして私、グレン先生を射止めるワンチャンあるのかもっ！　きゃっ♥」

「お、俺もシスティーナ先生と禁断の関係になれる可能性が……っ⁉」

「バーカ！　お前には高嶺《たかね》の花過ぎだっつーの、身の程知れ！」

「「「あはははははははははっ！」」」

「…………」

そんな風に大いに盛り上がっている教え子達に、システィーナが顔を真っ青にしながら口をパクパクさせていると。

「……ん？　どした？　白猫」

グレンが、そんなシスティーナの顔を覗《のぞ》き込んでくる。

相手を少しでも異性と意識していれば、容易にはできない顔の距離だ。

「具合でも悪いのか？　先日の遺跡探索の疲れでも出たかぁ？」

「なっ⁉　な、な、なんでもありませんっ！」

そのままシスティーナは踵《きびす》を返《かえ》し、目をぱちくりさせるグレンを放置し、足早に大講義室から出て行くのであった——

——。

「私と先生の関係！　あの頃から全然発展してないじゃん⁉」

がたーんっ！


自宅の書斎にて。

システィーナが頭を抱えて、机に突っ伏していた。

「私があの学院を卒業して、晴れて先生と生徒の関係じゃなくなった！

でも、私とアイツの関係って、根本的には、未《いま》だに先生と生徒のままじゃん⁉　この三年間、私、一体、何をやってたわけぇえええええ⁉」

まぁ、システィーナが卒業後から現在に至るまで、何をやっていたかと問えば。

それは、もちろん魔導考古学の研究と遺跡探索活動である。

卒業後、学院に残ったシスティーナは、それはもう無我夢中で魔導考古学の研究に没頭した。

没頭しまくっていた。

研究のために、アルザーノ帝国どころか世界中を渡り歩き、様々な古代遺跡の探索と調査を行いまくっていた。

自分の知的好奇心を、自分の魂が赴くままに満たし続けるその日々は、忙しかったが、とても楽しくて充実した幸福な日々だった。

なのだが――そんな日々に夢中になりすぎるあまり、すっかりグレンへのアプローチを忘れていた。

自分が学院を卒業して、先生と生徒の関係じゃなくなったら、積極的にアプローチしまくって、男女としての関係をガンガン進めて行こう！　攻めよう！　と、心に固く決意していたのにもかかわらず……

「いや……これ、結局、私に勇気がなかっただけ……？　拒絶されるのが怖くて、忙しさや研究を言い訳にして後回しにしていた……？」

恐らく半々という所だろう。

まるで成長していない。

どうにも恋愛面に関して、自分は相変わらずヘタレだったようである。

「ひょっとして、先生が私の助手になってくれていなかったら……もう、とっくに関係切れてたんじゃ……？」

これこそが不幸中の幸いだった。

あの世界存亡を懸けた大戦が終わった後の話だ。

グレンに、一体どういう心境の変化があったのかはわからない。

だが、グレンはある時、自分も魔導考古学に興味が出てきたことを、システィーナに打ち明けたのだ。

あの戦いで、『正義の魔法使い』という夢を叶《かな》えたグレンが、古代文明、古代遺跡、太古の歴史と魔法……それらを自分の次の新しい夢としたいと望み、システィーナはそんなグレンの手を引いた。

グレンとシスティーナは、共に同じ道を歩むことになったのだ。

グレンは助手として、システィーナと共同で様々な研究を行い、一緒に世界中を飛び回って、様々な古代遺跡を探索してくれたのだ。

今、グレンはシスティーナについてきてくれている。自分の歩む道を共に歩んでくれている。

だから、システィーナはグレンと一緒に居ることができる。

だけど、それはたまたまグレンが選択した新しい道が、システィーナと同じ方向であっただけであって、システィーナ自身はグレンに対して、何もしていない。

このままでは、いつグレンがシスティーナから離れて、別の道を歩み始めてもおかしくない。

ある日、突然、グレンがシスティーナの前に、知らない女の子を連れてきて、「いやぁ、白猫。俺、今度、この子と結婚することになったわー」という展開になっても、まったくおかしくないし、文句も言えないのだ。

「ま、まずいわ……なんかこう、先生が私の隣に居てくれるということが当たり前になり過ぎてて甘えてた！　このままでは非常にまずいわ！」

ガリガリと、思わず爪を噛《か》んでしまうシスティーナ。

「そもそも！　今の私と先生の関係……なんか駄目な気がする！

周りから見ても、まったくそういう雰囲気が感じられないらしい辺り、なんかもう相当ダメな気がする！　どうしよう⁉」

とはいえ、グレンともっと深い間柄になりたいならば、すべきことは決まっている。

今からでも、コツコツとグレンへアプローチをすることだ。

徐々に距離を詰めて、先生と生徒、あるいは相棒や悪友のような関係から、少しずつ男女の関係へステップアップしていくしかないのだ。

だが――

「でもっ！　一体、今さら何をどうすればいいわけ⁉　なんか一緒に居ることが当たり前になり過ぎてて、何をやっても上手《うま》くいくビジョンが思い浮かばないんですけど⁉」

たとえば、今になって突然、グレンをデートとかに誘ってみても、ちょっと身体《からだ》をくっつけて色仕掛《いろじか》けで誘惑してみせたとしても……

『なんだぁ？　白猫。なんか、今日のお前、キモいぞ？　どしたん？』

「言いそう！　すっごく言いそう！　せっかく勇気出しても、先生にそんな反応されたら、私、死んじゃう！」

想像していて泣きたくなってくるシスティーナである。

世の中では、幼馴染《おさななじ》み同士は互いに相手のことを知りすぎていて、意外と結ばれにくいと聞いたことがあるが、システィーナとグレンの関係もこれに近いものがあるかもしれない。

「ああああっ！　こんなことなら、学生の頃からマリアみたいに、先生に対して、もっと好き好きオーラを出しておけば良かったぁ～～っ！」

だが、嘆いても始まらない。後の祭りである。

何か行動をせねばならない。

「ど、どうしよう……何か行動しなきゃいけないことはわかってるくせに、今さら何かする勇気も出ないし……なんかこう……一発逆転の手は……？　勇気を出すきっかけは……？」

と、その時だった。

システィーナの目に、机の上に積んであった、とある物が留まる。

それは、次の古代遺跡探索の書きかけの計画書だった。

次はどこの遺跡を探索するか……そんな考えを、システィーナが大雑把に纏《まと》めていた最中のものだ。

「よしっ！　決めた……ッ！」

システィーナは、その探索計画書を握りしめて、ガタッと立ち上がる。

そして、誰も居ない部屋で一人、こう宣言するのであった。

「私……次の遺跡探索を成功させたら……先生に告白するんだッ！」

こういう決断を理由を付けて後回しする所がそもそもダメなのだが、本人はまったく気付かないのであった。

────。

──次の日。

システィーナにあてがわれた、学院の研究室内にて。

「んっ？　次はあの『アイリアの洗礼聖堂』を探索調査するって？」

「そうよっ！」

システィーナは、グレンに次の遺跡探索計画について話していた。

「そろそろ頃合いだと思ってね！　私と先生の二人でやってみようと思うの！　どう⁉」

「まぁ……別にお前が挑戦したいって言うなら、俺は構わないんだが……でも、この遺跡なぁ……」

グレンは、机の上に積まれている無数の資料の中から、『アイリアの洗礼聖堂』に関する調査資料を取り、パラパラと開く。

「未踏破遺跡ではあるが、一応、周辺地域の碑文や当時の史料、霊脈《レイ・ライン》を通した遠隔調査から判明している通り、危険はほぼない遺跡だ。戦闘もほぼないはず……精々が棲《す》みついた野生の魔獣を追っ払う程度だろ。

でもなぁ……この遺跡なぁ……」

いつだってシスティーナの方針にすぐ賛同してくれていたグレンが、今回はなぜかどうにも歯切れが悪い。

驚いているような、戸惑っているような、そんな雰囲気なのである。

「ど、どうしたんですか？　なんだか気が進まないみたいですけど？」

「いや、別にそういうわけじゃないんだが……一応聞くが、お前、この遺跡についてのリサーチは万全か？」

「当然ッ！　この私に抜かりなんてあるわけないわッ！」

大嘘《うそ》である。

事前リサーチはまだ不完全である。

グレンに告白するため、突貫工事で探索計画を立てたためだ。

とはいえ、遺跡に関する最低限の危険度調査だけは完全に済ませてあるので、ほぼ問題はない。

この遺跡が、当時の人々になんの目的で使われていた施設だったのか、そういう歴史的な背景が、まだちょっとよくわからないだけだ。

だが、それはどうせ探索と同時に改めて調査するので、別に問題ない。

そんなことよりも、今は一刻も早く出発し、ノリと勢いで遺跡探索を終わらせて、昨晩固めた決意を、ノリと勢いで実行することだ。

兵は神速を貴ぶのである。

「うーん……？　『アイリアの洗礼聖堂』かぁ……うーん……」

グレンは、システィーナが渡してきた探索計画書も手に取り、それをざっと斜め読みする。

「これを見る限り……今回は、お前と俺の二人で探索するんだよな？　外部協力者や調査隊を組まずに」

「ふっふーん、そんなのそうに決まってるじゃない！　私が背中を預けられる相棒は先生だけよ！」

こういうことを素で自然に言えてしまうからこそ、いつまでたっても、自分とグレンの仲が進展しないのでは……？　と、軽く自己嫌悪《けんお》に陥りながらも、システィーナは堂々とグレンを真《ま》っ直《す》ぐ見据える。

「うーん……よりにもよって、お前と俺の二人でか……」

対し、グレンは口元を手で押さえ、何かを真剣に考え込んでいるようだ。

（……なんで、今回に限ってこんなに迷っているのかしら？　未踏破ってだけで危険度も低い遺跡なのに……いつもなら私が誘ったら、すぐに決断してくれるのに……なんか、やけに私と二人きりで遺跡調査することに難色を示してるみたいだけど……はっ⁉）

その時、システィーナの脳裏に広がる嫌な想像。

（ま、まさか⁉　ひょっとして……先生にはすでに、私の知らない所で、恋人とか婚約者ができていて⁉　その人との義理を守るため、これ以上、私と一緒に行動をするのを避けたくなったとか⁉　嫌ぁあああああああああああああ⁉）

と、システィーナが真っ青になりながら、心の中で悲鳴を上げていると。

「ま、いいだろ」

グレンが手に持った資料を丁寧に机の上に重ねて置き、力強い笑みを浮かべて言った。

「確かにそろそろ良《い》い機会だ。『アイリアの洗礼聖堂』……俺達で最深部まで暴いてやろうぜ」

（セーフぅうううううううううううううううううう——ッ！）

内心、盛大に安堵《あんど》の息を吐くシスティーナであった。

だが、ここで終わりではない。

これからが始まりである。

（今回の遺跡探索調査……絶対、大成功させてみせるわ！

そして、自分に課した誓約通り、絶対、先生に告白するの！　相棒とか先生と生徒とかじゃなく、その先の関係に進むの！）

そう。システィーナは、そのために自己誓約の魔術を自身にかけている。

遺跡探索調査に成功したら、システィーナは、絶対にグレンへ告白しなければならない。もう後に退けないのだ（そしてこういうところがヘタレなのだが）。

「絶対！　この遺跡探索調査！　成功させるわよぉおおおおおお！」

「……ああ、頑張ろうな」

野望と気合に燃えるシスティーナに対し、グレンがどこか穏やかに頷《うなず》くのであった。

――――。

『アイリアの洗礼聖堂』が、危険度がほぼない安全な古代遺跡でありながら、これまで探索されてこなかったわけは、単純な話、とてつもなく未開の辺境の地にある上、霊脈《レイ・ライン》を通した簡易的な遠隔調査で、遺跡探索調査の目玉である出土品――魔法遺産や魔導書など――が、ほぼ期待できないとされていたためである。

つまり、探索が面倒な上に、実入りが少ない……そういう遺跡だ。

おまけに、この世界にはアルザーノ帝国領を中心に、古代文明の貴重な魔法遺産や魔導書が数多く眠っていると予想される遺跡が、もう星の数ほど存在する。

現在、魔導考古学者達の手はいくらあっても足りていない状況だ。

実際に探索してみなければ、どれほどの実入りや発見、成果があるかはわからないが、他に優先すべき遺跡はいくらでも存在する。

ゆえに、どうしたって『アイリアの洗礼聖堂』の探索は後回しになる。

（だけど、今の私にとっては関係ないわ！）

システィーナの目的は遺跡探索を成功させて、グレンに告白すること。

つまり、安全で簡単に攻略できて、探索も短い期間で早く終わらせることができれば、それでいいのである。

だからこそ、『アイリアの洗礼聖堂』を選んだ。

（探索計画は完璧！　後は攻略するだけ！　やってやるわぁああああああ――っ！）

そんな風に、意気揚々とシスティーナはグレンを連れて、遺跡探索の旅へと出たのであったが――

――――。

「……無理じゃね？　これ」

「…………」

とある辺境の地の海辺にて。

眼前に広がる光景に、システィーナは呆然《ぼうぜん》としていた。

辺りは凄《すさ》まじい暴風が四方八方から猛烈な勢いで渦巻いており、滝をひっくり返したような豪雨が、二人の身体《からだ》を容赦なく叩《たた》きつけている。

当然、海は伝説の海獣リヴァイアサンでも暴れているのかと思うほど荒れに荒れており、天を衝《つ》くような巨大な高波が次から次へと押し寄せてくる。

空を重く分厚く覆う暗い雲。

そしてひっきりなしに空を切り裂く特大稲妻の乱舞。

まるでこの世の終わりかという地獄のような光景。

「百年に一度の記録的大嵐だってさ。予測によると一ヶ月は続くとか……」

「…………」

「『アイリアの洗礼聖堂』は、離れ孤島にあるから、ここから舟で渡ることになっていたんだが……これは無理だろ、さすがに……」

「…………」

システィーナは、しばらくの間、眼前の光景をじっくりと見つめて。

やがて、ガクリと両膝を折り、地面へ突っ伏すように、大地を両手で叩きながら叫んでいた。

「なんでこんな時に限ってぇえええええええええええええええええええ──ッ!?」

絶対に探索を成功させて、グレンに告白するのだと決意した直後にコレである。

そんなに自分とグレンをくっつけたくないのかこの野郎！　と、システィーナは神を呪った。

そんなシスティーナの内心もつゆ知らず、グレンはシスティーナを慰めるように頭を撫《な》でながら言った。

「ま、別に今回で絶対に、『アイリアの洗礼聖堂』の探索を成功させなければならないってわけじゃねえ。

今回は間が悪かったってことで、中止にして帰ろうぜ？」

「駄目ぇえええええ──っ！」

システィーナは全力で、グレンの真っ当な提案を拒絶した。

びっくりしたように目を見開くグレンを余所《よそ》に、システィーナはもの思う。

（私は、私の性格をよく知っているわ……アレだけ決意して、今回の探索に来たんだもの！

今回駄目だったら、次はない！　何かと理由をつけて、もう二度と『アイリアの洗礼聖堂』に探索に来ないし、告白する勇気も二度と出ない！

チャンスは今回だけなの！）

システィーナがそんな風に考えて、再び口を開く。

「と　に　か　く！　遺跡探索は決行します！　これは今回の探索調査隊隊長の私の判断と決定です！」

「……とは言ってもなぁ」

グレンがボリボリと頭をかく。

「あんな小舟で一体どうすんだ？」

見れば、用意していた小舟が、荒れ狂う高波と嵐の中で、タップダンスのようにぴょんぴょん踊り狂っている。とてもこんな大時化《おおしけ》の海を渡れるとは思えない。

「問題ありません！　私達は魔術師なんですから！」

「えー？　風の結界で小舟をガードして進むってかぁ？　なぁんか、めっちゃ疲れそうなんだが……

俺達ならできんこともないだろうが……別に無理してこんな海を渡らんでも日を改めてだな……」

グレンが呆《あき》れたように、代案を提案していると。

「《我に続け・颶風《ぐふう》の民よ・――》」

不意に、隣から壮絶なる魔力の高揚と共に呪文詠唱《スペリング》が聞こえてきた。

「えっ⁉　お前、まさか――」

「《我は風を束ね統《す》べる女王なり》！　風天神秘【CLOAK OF WIND】！」

カッ！

その瞬間、システィーナの全身から光り輝く風が爆発的に放たれ――全方位、世界の果てまで届くような壮絶な勢いで光速拡散していき――この世界の終わりのような大嵐を、一瞬で吹き飛ばしていた。

……凪《なぎ》。

次の瞬間──光が差した。

目の前に広がるは、心が洗われるような穏やかな海。

肌を優しく撫でる微風《そよかぜ》。

耳心地良い潮騒《しおさい》。

雲一つない、抜けるように青い空。

太陽の暖かな光が、まるで希望のように優しく照らしている……

そんな光景が、グレン達の前に広がっていた。

「えええええー……？」

「よしっ！」

顔を真っ青にしてドン引きしているグレンに対し、システィーナはドヤ顔でガッツポーズした。

「これで進めますね、先生！」

「ば、バカ野郎ォオオオオ!? 何やってんだ、お前ぇえええええ!?」

ニコニコ顔のシスティーナへ、グレンが突っ込む。

「天位魔術の正式起動は、霊脈《レイ・ライン》や環境に甚大《じんだい》な影響を与えかねねーから、〝本当にどうしようもなくなった、いざという時〟以外は封印って、約束しただろうがぁあああぁ!?」

「ふっ……わかっていませんね、先生……今がその、〝本当にどうしようもなくなった、いざという時〟なんですよ……」

「ナンデ!?」

グレンの突っ込みを無視し、システィーナは真摯で切なげな表情で髪をかき上げながら、空を見上げる。

「後悔はありません……この日、この時の選択に、私は後悔などありません……」

「誤魔化しきれてないからな？　それっぽい顔とポーズで、それっぽいこと言ったところで、全然、誤魔化しきれてないからな？」

グレンが至極真っ当な突っ込みを入れてくるが、システィーナは無視した。

「まぁ、とにかくです！　せっかく嵐も止《や》んだことですし、先に進みましょうよ！」

「止んだんじゃなくて、消したんだろうが……はぁ～……まぁ、いいや。予定通り進むか……ったく、俺は知らねえからな？　後でここら一帯の環境や生態系がガラリと変わっちまってもよ……」

そんな風にため息を吐《つ》きながら、グレンは岸辺に繋《つな》いでいた小舟の準備を始める。

こうして、百年に一度の記録的な大嵐に巻き込まれるというトラブルに、初っぱなから遭遇したものの、システィーナ達は予定通り、『アイリアの洗礼聖堂』がある孤島に向けて、出港したのであった。

（よーしよしよし！　予定通り！　あの大嵐さえ片しちゃえば、後は何も障害なんて存在しない！　サクッと『アイリアの洗礼聖堂』の探索を終えて、私は誓約通り先生に告白する！　二人の仲を進展させるの！　絶対に！）

決意を新たに、システィーナは海上を進んでいき、やがて問題なく件《くだん》の孤島へと到達するのだが——

——。

「……無理じゃね？　これ」

「…………」

到達した孤島の浜辺にて。

眼前に広がる光景に、システィーナは呆然としていた。

なぜか、孤島には巨大な竜が居たのだ。

一匹だけではない。

赤、青、緑、黄、黒、白、銀、黄金……様々な色をした無数の竜が、指折り数えるのも馬鹿らしいほど孤島中に湧いており、埋め尽くしていたのだ。

しかも、ただの竜ではない。

その全ての竜達が、千年以上の時を生きた古竜種——長き時を生きることで絶大なる魔力と力を獲得し、大自然にすら干渉できる能力を持つに至った、竜の中の竜達である。

まさに自然界の暴威の体現者、自然そのものと言っても過言でないほどの規格外の存在達である。

そんな竜達が、この孤島で激しく争い合っていた。

互いに牙で喰《く》らいつき合い、爪と爪でせめぎ合い、竜言語による魔法を撃ち合い、壮絶な炎嵐が、稲妻が、猛吹雪が、閃熱《せんねつ》光線が、闇の瘴気《しょうき》が嵐のように渦巻き合い、絶大な破壊力を混沌《こんとん》に、無責任にまき散らし合っている。

まるで、この中で最強の竜は一体、誰なのか？　最後の一匹になるまで、一歩も退かぬ、竜の誇りに懸けて……そんな気迫と勢いで、数多《あまた》の竜達が壮絶に殺し合っている。

まるでこの世の終わりかという地獄のような光景。

「そう言えば、この辺りにこんな伝説があったなぁ……〝千年に一度、長き眠りについていた数多の竜達が目覚めてこの地に集い、竜王を決めるために戦う〟……いわゆる『竜戦争伝説』なんだが。さすがに荒唐無稽過ぎて、俺もおとぎ話かと思ってたんだが、まさか本当だったとはなぁ……」

「なんでこんな時に限ってぇえええええええええええええええええ——ッ⁉」

システィーナが地面に突っ伏し、地面をバシバシ叩《たた》く。

「ひょ〜〜〜、すっげぇ……まさか、あのおとぎ話に語られる伝説の竜戦争をこの目で見られるとはなぁ」

対し、グレンは呑気《のんき》に竜達の壮絶なる戦いを遠巻きに眺めている。

一応、竜達の戦いの余波を防ぐための空間操作防御結界はすでに張っているため、完全に高みの見物気分だ。

「貴重なモンを見ることができて、これはこれで大満足なんだが……当初の目的の『アイリアの洗礼聖堂』の探索は無理だな、これは。伝説通りなら一年間続くし。

今回は間が悪かったってことで、中止にして帰ろうぜ？」

グレンが至極真っ当で常識的な提案をするが。

「……続行です」

ぼそり、と。

システィーナが据わった目で、呟《つぶや》いていた。

「……今、なんて？」

「続行です。続行。この程度のことで今回の探索は中止になんかしません。探索続行です！　隊長命令ですぅうううううううう――ッ！」

涙目で吠《ほ》えるシスティーナに、グレンが叫ぶ。

「アホォオオオオ!?　こんな地獄みてえな状況で、どうやって遺跡探索するんだよぉおお!?」

「決まってるじゃないですか……殺《や》るんですよ」

ニヤリ、と。システィーナが据わった目で嗤《わら》った。

「最強を決めるのか、竜王を決めるのか知りませんけど……たかが長生きしただけのトカゲ共が、この私の目的を阻《はば》むなんて良《い》い度胸だわ！

皆殺しにしてやるぅううう！」

「システィーナさん、怖ぁい」

ドン引きのグレンを放置して、システィーナは全身に壮絶なる魔力を漲《みなぎ》らせて。

「《我に続け・颶風《ぐふう》の民よ・我は風を束ね統べる女王なり》！

風天神秘【CLOAK OF WIND】！」

もう当然のように、自身の天位魔術を起動した。実に神秘の無駄使いである。

そして、システィーナが壮絶な魔力と共に天位魔術を起動したことによって、その圧倒的存在感とパワーを、竜達は察知したらしい。

竜達がギョッとしてシスティーナを注視し、途端に怯《おび》え始める。

そんな竜の群れの中へ。

「散れ！　宴《うたげ》は終わりよ！」

システィーナが光り輝く風と共に突貫して行くのであった——

——。

その日、その辺境の孤島に、竜界の覇権を争うために集結した竜達は、とある一人の少女の手によって全匹ボコボコに〆られ、ほうほうの体《てい》で自分達の古巣へと退散した。

以降、竜界では、その少女こそが自分達最強の古竜種を統《す》べる新たな〝竜王〟として、少女は全ての竜種の忠誠を得て、全ての竜を自在に召喚・使役できる権能を持つように、本人も知らないうちになっていたのだが……それはまた別の話である。

それはさておき……

「ようやく辿《たど》り着《つ》いたわ……『アイリアの洗礼聖堂』に！」

「なぁんか疲れちったなぁ……」

紆余曲折《うよきょくせつ》の果てに、システィーナとグレンは、孤島の中心部——『アイリアの洗礼聖堂』が聳《そび》え立《た》つ場所に、ようやっと到達していた。

古代の建築様式で建造された荘厳《そうごん》な聖堂が、今、歴史の重みをもって二人の前に姿を現している。

その姿に、二人がちょっとした感動を覚えていると。

「クックック……まさか、このような秘境に人がやって来るとはな……」

なぜか、聖堂の中から怪しいローブを纏《まと》った人達がゾロゾロと、システィーナ達の前に現れる。

「よくぞ、ここが我ら世界最強の魔術テロリスト結社『暗黒星騎士団』の新たなる根拠地であると見破った……」

「『天の智慧《ちえ》研究会』が墜《お》ちた今、世界を支配すべきは我々！」

「その我らの根拠地を知った者には、死を！」

「【CLOAK OF WIND】！」

「「「ぎゃあああああああああああああああ――っ!?」」」

怪しいローブの人達は一人残らず、孤島の外へと吹き飛んでいった。

「うん！　見た所、探索調査に何も問題はなさそうですし……頑張りましょう、先生！」

「何か問題ありまくったような気がしたが……ま、いっか。やるか」

こうして。

システィーナとグレンは、ようやく『アイリアの洗礼聖堂』の探索調査を開始するのであった。


──。


探索調査は、これまでの散々なトラブルが嘘《うそ》のようにスムーズに進んだ。

遺跡内全体をマッピングし、壁画を写し取り、発見した碑文を解読していく。

いつものように、古代文明に関する様々な新事実が明らかになり、システィーナとグレンは興奮に震える。

夜は野営地で、昼間の探索結果と発見した新事実について、焚《た》き火《び》を囲みながら二人で熱く議論を交わし合う。

確かに事前調査の通り、魔法遺産や魔導書などの派手な出土品は発掘されなかったが、それでも二人の知的好奇心を存分に満たす楽しい日々が、飛ぶように流れていく。

（うん！　良い感じ！　先生ともなんだかいつも以上に良い雰囲気な気がするし……この流れなら、最深部に到達しさえすれば……ッ！）

そんな風に、ドキドキしながらシスティーナはどんどんと探索を進めて行く。

そして、ついにシスティーナ達は『アイリアの洗礼聖堂』の最深部へと辿り着く。

だが、そこでシスティーナは、最後にして最大の障壁にぶち当たることになるのであった――

「…………」

『アイリアの洗礼聖堂』の最深部である礼拝堂。

そこに入室するための巨大な石扉の前で、システィーナはその扉を呆然《ぼうぜん》と見上げ、立ち尽くしていた。

「ふーむ……？」

グレンが扉に刻まれている古代文字碑文を解読している。

「やっぱり、何度読んでも間違いないな。ここは『真実の間』……古代文明の一種の婚礼儀礼場であり、強い絆《きずな》で結ばれた男女のみが、この扉を開いて入室できるっていう魔術的結界が未《いま》だに生きているようだぜ。つまり……」

（つまり、恋人同士ですらない私達じゃ入れない……？）

そんな事実に気付いて。

「なんでなのよぉおおおおおおおおおおおおおおおおおおおおおおおお──ッ⁉」

システィーナが床に突っ伏し、床をバシバシ叩いていた。

（どうしてこうなるのよ⁉　ここをクリアして先生に告白して、恋人同士になるはずだったのに！　恋人同士じゃないと、ここをクリアできないなんて一体どういう嫌がらせなのよ⁉）

「……で？　どうする？　システィーナ」

「そ、そんなの決まってるでしょ⁉　私の風天神秘で、こんな小癪《こしゃく》な扉、壊して──」

「アホウ。お前、貴重な古代遺跡を壊す気か。そりゃさすがに魔導考古学者失格だろうが」

「う、ぐ──ッ⁉　じゃ、じゃあ、扉を解呪《ディスペル》して……」

「このクラスの古代儀式魔術の解呪《ディスペル》……俺達でも何日かかると思ってんだ。食料や燃料の備蓄が保たんぞ」

「うぐぐぐぐぐ……」

打つ手がまったく見当たらない。

システィーナが冷や汗をかきながら歯噛《はが》みをしていると。

「ま……とりあえず、今日はもう日も暮れる。今夜は休んで、最深部の調査は明日からにしようぜ……」

グレンがそう提案して、本日の調査はお開きとなるのであった。

――――。

――その夜。

（どうしよう、どうしよう、どうしよう……？）

孤島の一角に設立した野営地の、システィーナの個別テント内にて。

システィーナは毛布を被《かぶ》りながら悶々《もんもん》と考えていた。

（こ、このままじゃ、この『アイリアの洗礼聖堂』をクリアできない……先生に告白できない……ッ！）

別に、自己誓約の魔術の力に頼らずに普通に、「好きです」と告白すればいいだけの話なのだが……システィーナにはその勇気が出ない。グレンの拒絶が怖い。

（あああああ、未来が見える……今回のこのチャンスを逃したら……私と先生の関係は一生このまま、なぁなぁになっていって……いつか、先生に好きな人ができちゃって、先生がその人と結婚しちゃう未来……私と先生は、あくまで師匠と弟子という関係で終わっちゃう未来が見える……ッ！）

そんな未来は嫌だ。

システィーナは、グレンが好きだ。もうメロメロに愛している。

自分が学生の頃から、ずっと、ずっと、ずっとだ。

なんとかして、自分とグレンの関係をそれ以上に進めたい。

（どうすればいいの……？　どうすれば……どうすれば……？）

ぐるぐるとループする思考の中、システィーナは考えに、考えに、考えて、考え抜いて……

（……やるしかない……ッ！）

ついに、システィーナはとある決断をするのであった。

――――。


「……ん？」

グレンの個別テント内にて。

グレンがこれまでの調査結果を纏めた資料を読んでいると、テントの外にふと人の気配を感じ、顔を上げる。

「あ、あの……先生、まだ起きてますか……？」

するとテントの外からシスティーナの、どこか緊張した声が聞こえてきた。

「……ん？　ああ、起きてるぞ」

「そ、そうですか……ちょっと先生にお話があるので……中に入ってもいいですか……？」

「別に構わないぜ？」

すると。

テントの入り口を開いて、システィーナがもぞもぞと入ってくる。

奇妙な格好だ。システィーナは自分の身体《からだ》をすっぽりと覆い隠すように毛布を巻き付けている。それにこのテントの内のランタンの暗い明かりでもわかるくらいになんだか顔が真っ赤だ。

「……どうした？」

どこか変な雰囲気のシスティーナにグレンが眉を顰《ひそ》めていると。

しゅるり……

システィーナが自分の身体に巻き付けていた毛布を衣擦《きぬず》れの音と共に、落とす。

そして、震える声で言った。

「せ、先生……な、なんだか、私……今夜はとても寂しいんです……ど、どど、どうか、私を温めてくださいませんか……ッ⁉」

そう言って、呆気《あっけ》に取《と》られて口ポカンなグレンに、システィーナがふわりと正面から抱きつく。

そんなシスティーナの姿は……上下の下着姿であった。艶《なま》めかしい白い肌が、ランタンの暗い明かりに艶《あで》やかな陰影をもって露《あら》わになっていた──

　────。

（い、い、言っちゃったぁあああああああああああああ──ッ⁉　もう言い訳できない〝抱いてください〟宣言んんんんん──ッ⁉）

システィーナの頭は完全に沸騰していた。その目はぐるぐると混沌《こんとん》に渦巻き、最早《もはや》、普段の聡明《そうめい》で冷静な判断力は欠片《かけら》もなかった。

（でっ、でもでも、しょうがないじゃない⁉　この遺跡をクリアして、先生に告白するには……もうコレしかない！　既成事実を作って、強引にあの扉を突破するしかぁああああああああああああああ──ッ⁉）

これが、初恋を拗《こじ》らせに拗らせた幼い少女の末路であった。

最早、本末転倒極まれりである。

（で、でででで、でもっ⁉　これならさすがにいけるでしょ！　せ、先生もなんだかんだで健康的な男性だしっ⁉　わ、私も……その……ちょっと胸は薄いけど……ッ！　女性としては結構、魅力ある方なんじゃないかって少しは思っていたりするし……ッ！

これで先生が私に欲情して、私を抱いてくれたら……ッ！　アレ？　私これから先生に抱かれるの⁉　本当の本当に⁉　夢にまで見た初体験⁉　私、先生に滅茶苦茶《めちゃくちゃ》にされちゃうの⁉　ずっとずっと大好きだった先生に⁉　あわわわわわわわわ……ッ！　ええい、もうどうにでもなれぇぇぇぇぇぇぇぇぇ――っ⁉）

システィーナが茹《ゆ》だる思考の中、ぐるぐると、とりとめもないことを考え続け、グレンの反応を待っていると。

「……で？　これはなんの冗談だ？」

グレンの返答は、実に呆《あき》れたようなものであった。

「えっ？　あの……その……だから、私……先生に抱いてほしくて……」

「いや、こんなわけのわからん状況で流れに任せて、お前を抱くなんて、ただのクズ野郎だろ。俺はロクでなしだが、クズじゃねーぞ？」

完膚なきまでの拒絶。

システィーナのグツグツ茹だっていた思考が一気に冷めて、現実へと引き戻される。

「……うっ……」

一体、自分は何をやっていたんだろう？

頭を抱えたくなるような羞恥と、グレンからの拒絶で。

システィーナの感情は、すぐにいっぱいになっていって。

そして……

「う、うわぁあああああああああああああああああん！　先生のバカバカバカバカ——ッ⁉」

突然、その場で大泣きを始めてしまうのであった——

——。

「……事情はわかった」

「ぐすん……ひっく……うぅ……」

服を着たシスティーナが、膝を抱えて座り込み、グレンの前でグズっていた。

「いや……まさか、あのお前が、それほどまで俺のことを想《おも》ってくれてたなんてな……」

「このバカ……にぶちん……ロクでなし……ぐすっ……ひっく……」

結局。

システィーナはあの後、泣きじゃくるままに全てを白状してしまった。

システィーナがグレンのことをずっと好きだったこと。

告白する勇気を出すために、今回の遺跡探索を決行したこと。

だけどあの小癪な扉に阻《はば》まれたせいで、本末転倒な決断をしてしまったこと。

全て話してしまった。

(さ、最低最悪な告白だわ……こんなはずじゃなかったのに……ぐすん、死にたい)

システィーナがさめざめと涙を流しながら、もの思う。

(きっと先生もドン引きよ……多分、これでお互い気まずくなっちゃって、私と先生の関係もお終《しま》い……教授と助手という最低限の関係すら解消ものよ……なんでこんなことになっちゃったの……?)

システィーナが激しく後悔していると。

「ったく……本当にバカだな、システィーナ」

グレンが心底呆れたようにぼやいていた。

「お前って俺の教え子の中では、一番優秀な奴《やつ》だと思っていたんだが、まさかこれほどまでバカだったとは」

「……酷《ひど》いです……」

もうどうでもいいや。どうせ私達は終わりなのだから。

そうシスティーナが涙目でそっぽを向くと。

「こりゃ論より証拠だな」

突然、グレンがシスティーナの手を取って、立ち上がらせる。

「……先生……？」

「明日にしようと思ってたが、そういうわけにもいかねえよな。ほーら、行くぞ」

そう言って、グレンはシスティーナの手を引いて夜闇の中を歩き始める。

「行くって……どこへ⁉」

「決まってんだろ？『真実の間』だよ」


――――。


システィーナとグレンは、指先に灯《とも》す魔術の光を頼りに、再び件《くだん》の『真実の間』へと戻ってきた。

二人の目の前には、昼間、侵入を阻んだあの巨大な扉がある。

なんでこんな場所に来たの？　と首を傾《かし》げるシスティーナへ、グレンが指示を飛ばす。

「お前はそっちから左の扉を押せ。俺は右からだ」

「えっ？　でも……この扉は……」

「いいからやれ！　話はそれからだ」

そう言い切られて、システィーナは渋々と扉に手をかけた。

どうせ駄目に決まってる。

だって、私の片思いなのだから。

重く沈んだ気分で、システィーナが自棄《やけ》っぱちに扉を押していく。

グレンも扉にかけた手に力を込めていく。

……と、その時だった。

一瞬、扉が優しく発光して。


ゴゴゴゴゴ……


一人で押してみた時はあれだけ重く固かった扉が……なんと、何の抵抗もなく押し込まれ、左右に開かれていったのである。

そして、煌《きら》びやかな燭台《しょくだい》が灯す魔術の火に照らされ、眩《まばゆ》く光り輝く美しい礼拝堂──

『アイリアの洗礼聖堂』最深部の、幻想的で荘厳《そうごん》なる姿が明らかになっていた。

だが、そんな魔導考古学者垂涎《すいぜん》の光景も、今のシスティーナには目に入らない。

「な……なんで……？　なんで開いたの……？　だってこの扉……」

「ンなの決まってるだろ、この期《ご》に及んで言わせる気かこのバカ」

グレンが盛大なため息を吐《つ》きながら言った。

「俺だって、ずっとお前のことが好きだったんだよ」

「!?」

「ったく……俺が今までストーカーのように、頑《かたく》なにお前の助手であることに拘《こだわ》ってたのは、なんでだと思ってたんだよ……

あの日、新しい夢を俺が語った時だけじゃない。お前はずっと、迷える俺の手を引き続けてくれた。

俺に道を示し続けてくれた。

いつの間にか、俺はそんなお前のことが好きになってた。俺にとってかけがえのない存在になってた。……それだけだよ」

そんな風に語るグレンは、そっぽを向いていたが、どこか照れくさそうであった。

「嘘《うそ》……本当に……？　だ、だって……先生ったら、今まで私に対して、そんな素振り、微塵《みじん》も……」

「そりゃあ……お前が魔導考古学に夢中だったからなぁ」

グレンが肩を竦《すく》める。

「何かに向かって、常に真《ま》っ直《す》ぐ突っ走るお前の姿が眩《まぶ》しかった。格好良かった。そんなお前の姿に、俺はいつだって惚《ほ》れ惚《ほ》れしていた。

お前を邪魔したくなかった。

お前の突っ走りが一段落つくまで、待っていよう……そう思っていただけさ。

だから、今回は良《い》い機会かな……とも思って……んっ？　ということは、お前、ひょっとして、この遺跡がどういう場所か知らなかっ……」

グレンの言葉は最後まで紡《つむ》がれることはなかった。

システィーナがグレンへ抱きついて、唇を重ねたからだ。

礼拝堂の輝かしい光に祝福される中、二つの影がしばらくの間、重なりあって。

やがて、どちらからともなく、名残惜しげに離れて。


「……先生。好きです。ずっと、好きでした」

やがて、システィーナが涙に濡《ぬ》れた笑顔でそう告げた。

美しい礼拝堂など立ちどころに色褪《いろあ》せてしまう、特上の笑顔であった。

「ったく……それさっきも聞いたし、そもそも、順序が何もかも逆なんだっつーの」

皮肉を零《こぼ》すグレンだが、その顔は満更でもない。

「えへへ……ゆ、夢みたい……わ、私と先生が……その……恋人同士になれるなんて……ッ！　嬉《うれ》しい……本当に嬉しい……ッ！」

「ま、年貢《ねんぐ》の納め時だな。こんな俺だけど、これからもよろしく頼むぜ」

と、その時だった。

照れ隠しに、グレンがシスティーナから視線を外し、礼拝堂へと目を向けると。

「……おっ。アレは……」

祭壇の上に二つ、それは祀《まつ》られていた。

「先生、アレって……ッ⁉」

「最初見た時はなかった。詳しいことは要調査だが……どうやらこの扉を開けると、アレが時間差で錬成される仕掛けらしいな。

なるほどな……『真実の間』の試練を乗り越えた恋人達に贈られる、祝福ってわけか。遠慮なくもらっていこうぜ、システィーナ。俺達には必要な物だろ？」

――――。

――――。

――。

そして、時は流れ――


そこは、学究都市フェジテにある聖カタリナ聖堂。

清楚《せいそ》な花で飾られ、清澄《せいちょう》な空気に満ちた、厳かな聖堂内陣祭壇《インナー》の場。

左右に分かれて長椅子席に座る大勢の参列者達――かつての同級生達や恩師、恩人、家族、同僚、教え子達――が穏やかに見守る中、中央の赤い絨毯《じゅうたん》のバージンロードを、グレンとシスティーナの二人が寄り添い合って歩いていた。

純白のウェディングドレスに身を包んだシスティーナは、まるで夢のように美しい。

そして、二人の薬指にそれは輝いていた。

あの日、あの時、『真実の間』で見つけたお揃《そろ》いのそれが。

グレンとシスティーナは、祭壇に向かって歩いていく。

生涯の愛を互いに誓い合うために。

そして、祭壇に向かう最中、グレンが隣のシスティーナにだけ聞こえる声で言った。

「まさか、お前とこうなっちまうとはなぁ……人生何があるかわからん」

「むぅ……今さらなんですか、先生。言っときますけど、もう返品は不可能ですからね？」

「そりゃこっちの台詞《せりふ》だ。俺はお前が居ないと死ぬ」

恋人同士になっても、二人の関係性は、結局あまり変化がなかった。

でも、二人にとってそれが一番自然でベストなのかもしれない。

そして。

現れた司祭が誓約の儀を執り行う。

「新郎グレン＝レーダス。

新婦システィーナ＝フィーベル。

汝《なんじ》ら、その健やかなる時も、病める時も、喜びの時も、悲しみの時も、富める時も、貧しき時も、互いにこれを愛し、敬い、慰め、助け、共に支え合い、その命ある限り、永久に真心を尽くし合うことを誓いますか？」

そんな司祭の問いに。

「「誓います」」

二人は迷わず、声を揃えて答える。

やがて。

聖堂内に割れんばかりの祝福の鐘の音と参列者達の大歓声が、いつまでも、どこまでも響き渡るのであった——

ルートNO．05システィーナED

FIN

Ifo6. Celica Arfonia

共に歩む

《無垢《むく》なる闇》は滅び、永劫《えいごう》回帰するグレンの戦いは終わった。

これより始まるは、まったく新しき白紙の未来。

グレンが一体、誰と共に歩み、どんな未来を描くのか？

これは、そんな様々な可能性に分枝《ぶんし》する未来の姿の一つ——どこかにあるかもしれない並行世界の話である。


——。


「今日もお疲れ様だ、グレン」

「おう。ありがとうな」

チン……アルフォネア邸の食堂に、グラスとグラスが打ち鳴らされる音が静かに響き渡った。

テーブルを挟んで、ワインが注がれたグラスを手にしたグレンとセリカが向かい合うように座っている。

テーブルの上には、ローストビーフにキノコのシチュー、エビのフリッター、デリ風サラダなど、グレンの好物がたくさん並んでいる。

システィーナ達が学院を卒業してから時は流れ……本日は、グレンの学院講師就任からちょうど三年。グレンの講師就任記念日である。

ということで毎年の恒例として、グレンへのご褒美《ほうび》に、セリカがこうしてささやかな宴を開く日でもあった。

「いやぁ～、めでたいなぁ。まさか、あのクソニートだったお前が、お天道様《てんとさま》に顔向けできる仕事を、まだこうしてきちんと立派に続けているなんて……うっ、うっ、お母さんは嬉《うれ》しいぞ……」

「クソニート言うな。嘘泣《うそな》きやめーや。後、何度も繰り返し言うが、お前は俺の母親じゃねえ。血の繋《つな》がりねえっつってんだろ」

グレンがやや憮然《ぶぜん》した表情で、くいっとワインを一気に飲み干す。

「まぁ、そう言うなよ。お前をどこぞで拾って以来、ガキの頃からずっとお前の面倒見てやったんだぞ？　母親名乗るくらいいいだろ？」

「だーかーら！　あー、もぉ～、コイツは……いつまで俺をガキ扱いする気だ、ド畜生め……」

何やら不満げにぶつぶつ言いながら頬を膨らませ、そっぽを向くグレン。

セリカは身を乗り出して手を伸ばし、ふて腐れたグレンの頬をウリウリと突っついた。

「なははは、愛《う》いやつめ。まぁ、とにかくだ。お前がこうして健やかに日々を過ごせていることを、私が嬉しく思っているのは事実だぞ？」

「う……そ、そうか……？」

「そうだよ。ほら、食え。お前のために、腕によりをかけて作ってやったんだからな？」

穏やかにそう言って、セリカは席につき、食事を始める。

それに倣《なら》ってグレンも食事を始め、しばしの間、二人の間に穏やかな時間が流れる。

そして、食事と共に、最近の学院の様子はどうだとか、最近発見された新しい魔術の理論についてとか、二人の会話も弾んでいると。

「ところでさ……」

不意に、セリカが言った。

「お前……そろそろ身を固める気はないのか？」

「──ぶっ！」

グレンが思わず口に含んでいたワインを吹きかける。

「げほ！　ごほ！　お、おい⁉　お前、藪《やぶ》から棒に突然、何言いだしやがる！」

「何って……結婚だよ、結婚。お前もわりと良《い》い歳《とし》だろ？　いい加減、結婚しとけって！

今しておかないと、きっと後悔するぞぉ？」

グレンの反応を面白がるように、セリカがニヤニヤしながら、ワイングラスをくるくる回した。

「そう言えばさ、お前に結構良い感じだったあの三人娘とは、最近、どうなんだ？」

「ど、どうって言われてもな……白猫は魔導考古学者になって世界中を飛び回っているし、ルミアは帝国魔導官僚試験に合格して、今は帝都で見習い官僚として働いてる。リィエルは相変わらず帝国軍の特務分室執行官として、様々な軍務についてるし、三人とも忙しすぎて、最近は会ってねえよ」

「はぁ～～～っ？　会ってないだぁ～～～っ？　ばっかじゃねーの、お前……それでも男かぁ？」

グレンの体たらくに、セリカは失望したとばかりに、盛大にため息を吐いていた。

「なぁんで、連中が学生のうちに射止めておかないかなぁ？　これだからこの唐変木の朴念仁は……」

「どやかましいわ！　教師が生徒に手ぇつけたらお終《しま》いだろうが！」

「気にすんなって。男と女なんてものはな……どんな手ぇ使っても、多少強引でも、モノにしたモン勝ちなんだよ、結局はな」

セリカがお子ちゃまを諭すように、肩を竦《すく》めて薄笑う。

「じゃあ、あの三人娘はとりあえずいいよ。他にもお前に対していい感じのやつは何人もいただろ？　まぁ、個人的にはちょっと気に食わんが、あの赤女はどうなんだ？」

「イヴか？　リィエルと同じだ。帝国軍の仕事で忙しくて、最近、連絡取れてねぇよ」

「ふーむ？　じゃあ、この際、女ならなんでもいいや。ナムルスとかどうだよ？　お前が幸せなら、私は別に気にしないぞ？　人外婚」

「あいつはル＝シルバと一緒にこの世界を見て回るとかいう建前で、長期旅行中だろ……俺達に気を遣ってな」

「……？　よくわからんが……ナムルスほど良い女でも駄目なのかよ、贅沢《ぜいたく》な奴《やつ》め」

他にも、セリカは学生時代から今に至るまで、思い当たる限りグレンに好意を持っていたであろう女性の名前を次々と挙げていく。

だが、グレンの反応は芳《かんば》しくない。

そんなこんなで、やがてセリカが挙げる嫁候補も底をついてしまう。

「かぁ〜っ！　お前ってやつは！　その歳にして枯れ過ぎだろ！　本当にそれでも男か!?」

「うるせぇ、ほっとけ」

不機嫌そうなグレンである。

「……ん？　なんか……随分、嬉しそうじゃね？　お前」

「別にー？　ンなことないぞ？」

対しセリカは、グレンの指摘通りどこかご機嫌な様子だ。何か心配事の種が当面消えて、ほっとした……そういう雰囲気でもある。

「ま！　お前がモテないのはしゃーない！　しゃーないから、しばらくの間は、私がお前と一緒に……」

居てやろう、感謝しろよ？

セリカがそう言いかけた、その時であった。

「はぁ～～～～……」

グレンがあからさまに盛大なため息を吐《つ》いていた。

「ん？　どうした？　グレン。やけに重苦しいため息なんか吐いちゃって。ははーん？　さては自分のあまりのモテなさに人生を悲観したな？」

「ったく、どう切り出そうか迷っていたがな……お前がそういう流れに持ってきてくれたんだから、それに遠慮なく乗っからせてもらうわ」

すると。

グレンがワイングラスをテーブルの上に置き、改まったようにセリカを真《ま》っ直《す》ぐ見る。

「セリカ、聞いてくれ」

「ん？　なんだ？」

「実は俺……心に決めたやつが居るんだ。色々考えたけど……俺にはこいつしかいないと思える人だ」

「……っ⁉」

グレンがそう宣言した瞬間。

セリカがはっと目を見開き、硬直する。

しばらくの間、二人の間を重苦しい沈黙が支配する。

かっち、こっち……食堂内に設置されている柱時計の音だけが、妙に耳につくように響き渡る。

やがて。

「そ、そうか……」

セリカが我に返ったように、言葉を絞り出した。

「そ、そうだよな……お前も良い歳だもんな……そういう女の一人や二人くらいいるよな？　あはは……」

「いや、二人はいねえよ」

「いやー、恥ずかしい！　すまんな、グレン！　お前にそんなやつが居たとは予想外でさ！　色々と老婆心丸出しでウザかったな！　すまんすまん！」

セリカがやけに明るくカラカラと笑いながら言った。

「……で？　一体、誰なんだ？　お前がコイツしかいないってくらい心に決めたやつは？　そいつは私も知ってるやつか？　ん？」

「え？　いや……そりゃ、お前は知ってるだろ……」

「え？　マジ？　さっきまで私が挙げた候補以外で？　全然、気付かんかったわ……誰だよ？」

「あー、それはだな……」

「というか、その前にそいつとは、そもそもどうなんだ？　お前は心に決めたって言うが、結局の所、上手《うま》くモノにできそうなのか？」

「そこが、ちょっとよくわかんねえんだよな……それとなくアプローチしてみても気付いてくれねえっつーか、なぁんか暖簾《のれん》に腕押しだし……かと言って、まったく脈なしというわけでもねえと思うし……」

「はぁ？　なんだそりゃ？　お前ほどの男に言い寄られておきながら、気付けないほど鈍い女なのか⁉　かぁ〜、ロクでもない女だな、そいつは！　グレン、やめとけ、そんな女！」

「いや、やめねえよ？　心に決めたっつってんだろ？」

「う……まぁ、そうだったな」

ゴホン、と気まずそうに咳払《せきばら》いするセリカ。

「しかし、なんだ……もったいないことしてんな、その女。グレンの良さを本当に理解してんのか？　私がそいつの立場だったら、一も二もなくＯＫしてやるんだけどなぁ〜？　ちらっ」

「………………」

「ぷっ！　なんだよ、その目。いつもの通りの冗談だよ、冗談！　真に受けんなって」

じと〜っとグレンに見つめられて、セリカがやや顔を赤らめて、即座に茶化す。

「で？　結局、誰なんだよ？」

セリカが、ニシシと笑いながら、再び身を乗り出してグレンに詰め寄る。

「私も知っている人物らしいが、不覚ながら、まったく心当たりがない。そろそろもったいぶらず、お母さんに教えてくれよ。な？」

すると。

グレンは盛大にため息を吐いて、懐《ふところ》から小箱を取り出す。

それを開き、そのままセリカの方へと差し出し、その前に置く。

「……ん？　なんだこれ？」

セリカが目をぱちくり瞬《しばたた》かせながら、グレンが差し出してきた小箱の中身を見つめる。

指輪である。ダイヤモンドの。

どこをどう見ても、指輪にしか見えない。

今日はグレンの祝いの席なのに、なぜこんなものをグレンが自分へ贈ってくるのか理解できず、セリカが呆然《ぼうぜん》とその指輪を見つめていると。

グレンが言った。

「お前」

「……えっ？」

「だから、お前。俺が心に決めたっていう女」

「…………」

しばらくの間、二人の間を再び沈黙が支配する。

やがて。

「お、おいおい、グレン……」

セリカがぎくしゃくしながら、口を開いた。

「お前、アホかぁ？　今日はカルネの月一日《エイプリル・フール》じゃねーぞぉ？」

「エイプリル・フールでもこんな嘘《うそ》はクズ過ぎるだろ……」

「さ、さてはドッキリだな!?　私の反応を皆で楽しもうとか、そういう企画か何かだな!?　ったく、趣味が悪い……」

セリカがキョロキョロしていると。

「……セリカ」

グレンが、真っ直ぐセリカを見つめている。

セリカも、そんなグレンの視線を受け止める。

セリカがよく知っているグレンの目。

本日に至るまで二十年近く、ずっと傍《かたわ》らで見続けてきた男の目。

ゆえに……わかる。

理屈じゃなくて、魂で理解してしまう。

「……え、えーと……マジで？」

「マジ」

「「…………」」

再度、しばらくの間、二人の間を沈黙が支配して。

やがて。

「うえええええええええええええええええええええええええええええええええええええええ
ええええええ!?」

顔を真っ赤にしたセリカが、素っ頓狂な声を上げた。

「マジ!?　マジなの!?　お前、マジで私をそういう目で見てるの!?」

「冗談でこんなこと言うか、アホ！」

「い、いやっ！　待て！　待て待て待て待て！　私とお前だぞ!?　私、お前の母親なんだぞ!?」

「だから！　何度も！　言ってるが！　お前は俺の母親じゃねえ！」

グレンが、ガタンと立ち上がり、真剣な表情でセリカを見据える。

「俺は本気だ！　セリカ！」

「う……」

グレンの剣幕に、いつもの人を喰《く》ったような飄々《ひょうひょう》とした態度はどこへやら。

セリカはたじたじであった。

やがて。

「い、いやぁ〜、なんか、私、酔っちゃったなぁ〜〜っ！」

セリカが慌ててガタンと立ち上がり、そのまま食堂を出て行こうとする。

「うん！　酔った！　酔った！　お前も多分、酔ってる！　だから今日はもうお開きにして、お互い寝よう！　なっ⁉」

そんな風に言い残して部屋を出て行こうとする瞬間。

「セリカ！」

グレンが、そんなセリカの腕を摑《つか》み……

どんっ！　そのまま食堂の壁にセリカを押しつけた。

「頼む！　逃げないでくれ！　ちゃんと話を聞いてくれ！　ロクでなしの俺だが、本当に本気なんだ！」

「……う……」

グレンに壁へと押しつけられ、逃げられなくなったセリカが身じろぎする。

互いの吐息も感じられるほどの距離にグレンの顔がある。

グレンは怖いくらいに真剣に、真っ直ぐにセリカを見つめてくる。

そんなグレンの姿に、セリカの頭は沸騰し、心臓が早鐘のように脈打ち始めていた。

「ガキの頃から、ずっとお前を見てた。ずっとお前と一緒だった。確かに母親みたいに思ってたこともある。師弟関係だったり、友人同士だったり、人生の目標だったり、憧れだったり……俺とお前の関係は確かに複雑だ。

でも、全てが終わって……平和になって……こうして改めてお前と過ごすようになって……俺は、俺とお前の関係について考えた。考えて、考えて、考えた……その結果。

やっぱり、俺はお前と一緒に居たいんだよ。親子としての関係じゃなくて……対等な関係として、ずっと共にこれからの人生を歩んでいきたいって思ったんだよ……これが俺の真実だ」

「い、いや……でも、お前……確かに血の繋《つな》がりはないけどさ……世間体とか倫理観ってモンあるだろ……？　もし、私とお前がくっついたりしたら、世間からどんな目で見られるか……」

「ほっとけ。〝汝《なんじ》、望まば、他者の望みを炉にくべよ〟……だろ？　倫理観なんて燃やしちまえ。そもそも、法的にも倫理的にも、問題なんて何一つねえんだし」

「う……」

「そんなことよりお前だ、セリカ」

グレンがさらにセリカに迫ると、セリカは必死に身を縮こまらせた。

「お前はどうなんだよ？」

「ど、どうって……？」

「俺と一緒になるのは……嫌か？　実際のところ、お前は俺のことをどう思ってるんだ？　やっぱ、俺をそういう風には見られないか？」

「…………」

セリカの顔がさらに赤くなって、沈黙する。

「お前が、どうしても嫌だって言うなら……ちゃんと拒絶してくれ。俺はもう二度とお前に迫らない。今夜のことも忘れる。それで今まで通りだ。でも……もし、お前が……少しでも……」

グレンが訴えかけるように、そう言うと。

セリカは髪を弄《いじ》り、あさっての方向へ目を泳がせながら、意を決したようにぼそぼそ言い始めた。

「い、嫌かどうか……と言われたら……その……別に……嫌じゃない……けどさ……」

「…………」

「そりゃー……その……お前を拾った当初は……可愛《かわい》い男の子だったから……本当の息子のように可愛がってたけど……なんか……成長していくにつれて……その……お前、段々格好良くなっていくし……いっくら、私が枯れきった年増ババアっつっても……肉体年齢は二十歳くらいの健康女子なわけで……立派に成長したお前の姿に、まったくときめかなかったと言えば……その……やっぱ嘘になるし……心のどっかで母親役じゃなかったらなぁ……とか思ったこと、多分あるし……って、ああああああああ！　もうっ！　私も大概、変態じゃん⁉」

そんな風にセリカが身もだえしていると。

「つまり……なんだ？　脈ありってことでいいんだな？」

「っさい！　うるっさい！　いちいち言わせんな、バカ！　ああもう、そういうことでいいよ！」

セリカがグレンに吠《ほ》えかかる。

顔の赤さは最高潮で、目元には涙が浮かんでいる。

だが、それは決して悲しさから来る涙ではない。むしろ――

「わかった！　お前の気持ちはわかったから！　私も一人の女として、前向きにお前の気持ちに向き合う！　だから、今日はもう放してくれ！　私、頭が混乱して、もう何がなんだかわけがわかんないんだ！　だから……なっ⁉　頼むよっ！」

そんな風に、セリカがグレンへ懇願すると。

グレンがニヤリと笑った。

「なぁ、セリカ」

「な……なんだよ？」

「お前、さっき俺に言ったよな？　男と女ってのは多少強引でも、モノにしたモン勝ちだって」

「……えっ？」

「いやぁ、弟子として、お師匠様の教えは守らねえとなぁ～っ！　というわけで、だ」

「あ……ちょ……グレン、ま、待て……待ってくれ、頼む……わ、私……まだ、心の準備が……」

まるで初心《うぶ》な少女のように狼狽《うろた》えるセリカに。

「今夜で、お前を俺のモノにしちまうぜ……セリカ」

グレンはさらにセリカへ詰め寄り、顔をセリカへと寄せていって……

「ま、待て！　グレン！　待っ……～～～～～～～～っ！」

やがて。

夜の穏やかな静寂の中。

二人の唇が、静かに重なり合い続けるのであった——

——。


そんなこんなで。

それから先は話が早かった。

まず、程なくしてグレンとセリカは結婚した。

数多くの関係者各位が集まり、祝福される中、盛大な式を挙げた。

正式に籍を入れ、二人は完全に夫婦となった。

そして、グレンに誘われるまま、新婚旅行へ行くことになった。世界を一周する豪華客船の旅である。

セリカが自分の身に突然起こった人生の転機に戸惑っているうちに、目を白黒させながら、グレンに手を引かれるままになっているうちに……今、セリカはこうして、穏やかな波に揺られる豪華客船の甲板上にいる。

「うーむ……なんだか、今でも信じられん……」

ワンピースドレスに、つば広帽子……そんな旅装姿のセリカが甲板の手すりに手をかけ、遠くを見つめている。

遥《はる》か前方に、三百六十度見渡す限りに広がる雄大な水平線。

耳に心地よい潮騒《しおさい》。

抜けるように青い空に白い雲。

降り注ぐ陽光が、波打つ海面にキラキラと乱反射して眩《まばゆ》い。

そんな光景を、セリカは帽子だけを手で押さえながら、波風が長い髪を嬲《なぶ》るに任せるままにしていると。

「……何がだよ？」

そんなセリカの隣に寄り添うように立つグレンが聞いてくる。

「いや……その……どうして、私がこんな場所にいるのか……」

「新婚旅行に来たからだろ……俺とお前の」

「いや、そりゃそうなんだが……私とお前がそういう関係になって、そういう旅をしているということ、それ自体が今でも不思議なわけで……」

するると、ちょっとグレンが心配そうに聞いてくる。

「あー……その……やっぱ、俺とそういう関係になるの……嫌だったか？」

「……えっ？」

「ちょっと不安だったんだよな……その……なんだ？　どーしても、お前を逃がしたくなくて……俺のものにしたくて、わりと強引に押しきっちまったからな……お前が迷惑っつーなら、今からでも……」

「ち、違うっ！　違うっ！」

途端、セリカが顔を真っ赤にして、慌てて首を振る。

「すまん！　変な心配かけてしまってすまん！　そうじゃないんだ！　お前とこうして夫婦になったことは、私、全然、後悔してない！　むしろ、嬉《うれ》しい！　薄々そう思ってはいたけど、ちゃんとお前と向き合って、きちんと結婚してみて改めて思い知った！　やっぱ、私、お前のこと大好きだ！　なんつーか、超幸せ！　毎日溶けそう！　もう、お前なしの人生なんて考えられない！　お前が嫌だっつっても、私はもうお前を放さないからな⁉　地獄の果てまで付きまとうからな⁉」

「あ、あのー……セリカさん？　声大きいんですが？」

「……はっ⁉」

恥ずかしそうにそっぽを向くグレンに、セリカがハッとして周囲を見回すと。

同じく甲板上で日光浴をしていた、他の旅行者達――その大部分がグレン達と同じく夫婦――が、生暖かい目でセリカとグレンを見ている。

「うふふ、新婚さんかしら……？」

「情熱的……」

「とってもお熱い仲なのね……」

「若いって羨ましいのぅ」

そんな先輩夫婦達の囁《ささや》きに。

「ズギャ――――――――ッ！」

セリカは顔を真っ赤にして、身悶《みもだ》えするしかなかった。

「な、何を言わせるんだ、このバカバカバカ――っ！」

「いてて……落ち着けって」

ぽかぽか腕を叩《たた》いてくるセリカに、されるままにしてやるグレン。

やがて。

「こほんっ！　と、とにかくだ！」

ようやく気を取り直したセリカが、顔は赤いまま言った。

「なんていうか……まさか、お前と夫婦となって、新婚旅行に出かけるなんてその……現実感ないなって話だ。だって、私とお前だぞ？　思い出してみろよ？　私とお前が出会って以来、どういう風に過ごしてきたか」

「まぁ……そうだよなぁ」

グレンとセリカの関係は複雑だ。

母と子……少々語弊はあるかもだが一応、事実と言えるだろう。

師と弟子……これも事実。

仲の良《い》い男女の友人同士……これもまた事実なのである。

「それに……この歳《とし》になって、ウェディングドレスを着る機会に恵まれるなんて、もう本当に思ってなかったし……」

「夢か幻のように綺麗《きれい》だったぜ？」

「っさい！」

さらりと出てくる褒め言葉に、さらに真っ赤になるセリカ。

「つまり、なんつーか……人生わからんものだよなぁって……なんか、世界は輝いてるんだけど、あやふやで、ふわふわしてる気分だ……」

「でも」

不意にグレンが、セリカの言葉を遮る。

「俺とお前が、こうして夫婦になったのは紛れもない現実だ」

「！」

そんなグレンの言葉に、セリカが微《かす》かに目を見開いて硬直し。

「……そうだな」

やがて、ふわりと相好を崩す。

「運命なんて言葉は嫌いだが、これぱっかりは運命とやらに感謝したいな。お前と一緒になれて、私は幸せだ。この数百年にもわたる長い人生の旅路、お前と出会って、お前と共に歩むためにあったんだと思えば……不思議だな、悪くなかったとも思えてくる」

と、その時だった。

「ただ……」

ほんの一瞬だけ、セリカの表情が微かに曇り、口ごもる。

「ん？　ただ……なんだ？」

「え？　いや、なんでもない！　なんでもないんだ！」

だが、次の瞬間にはセリカは笑顔になっていた。

「しっかし、新婚旅行に世界一周の豪華客船旅行ときたかぁ！　随分と甲斐性《かいしょう》ある旦那様だなぁ、お前」

「奮発しました。帰ったら多分、半年くらいシロッテ生活です」

「ぷっ……ばーか。言ってくれりゃ、全額出すのに。私、金や資産は腐るほどあるからな」

「うるせえ、旦那の意地だ」

ぶすっとグレンが言う。

「あっはははは！　じゃ、そういうことなら、目一杯楽しまなきゃな！　約三ヶ月ほどもかかる長い旅だ。私とお前で一緒に色んな所へ行って……一生の思い出にしよう」

「……そうだな」

穏やかに微笑《ほほえ》むセリカに、グレンも同じく穏やかに頷《うなず》いて。

グレンが、隣に並ぶセリカの手をそっと握ろうとして、グレンの手がセリカの手に触れた……その瞬間。

「ひゃ⁉」

セリカが慌てて手を引っ込める。

「……傷つくんだが？」

「いや！　すまん！　違う！　な、なんかこう……恋人みたいに手を繋《つな》ぐなんて気恥ずかしくて、びっくりしちゃって！」

「あの……俺達、恋人どころか夫婦なんですが？　もっと言うと、手を繋ぐ以上に凄《すご》いこと、もう色々やったんですが？」

ぼんっ！

セリカの頭が沸騰して、その顔が瞬時に真っ赤になった。

「ば、バカ――――ッ！　お、思い出させるなぁ――――ッ⁉」

セリカは両手で顔を覆い隠し、身悶えして震えていた。

「お、お前があんなに色々グイグイ来るやつだなんて思わなかった！　お母さんは、お前をそんな子に育てた覚えはありませんよっ！」

「まぁ……ついな。可愛《かわい》くて」

「カワッ⁉」

「それに……なんだ？　お前って、思った以上に男慣れしてないのな？」

「な、なにをーっ⁉　私だって、長く生きて酸《す》いも甘いも嚙《か》み分《わ》けた大人の女だぞっ⁉　それなりに経験値はあるし、男慣れしてないだなんて、そんなことはないっ！　だが……その、なんだ？」

セリカが顔を覆う両手の隙間から、ちらちらとグレンを流し見ながら、ぼそぼそと呟く。

「相手がその……お前だと思うと……こう……色々と上手《うま》く立ち回れないっていうか……余裕がなくなるっていうか……多分、私のこの長い人生で……一番好きになったやつだから……」

「……乙女かよ」

「うるさーいっ！」

さすがに気恥ずかしくなったらしくやや顔を赤らめるグレンの腕を、セリカが再びぽかぽか叩きまくる。

「でも、なんか嬉しいぜ。なんかこう……お前にとって俺が、特別に特別な存在みたいでさ」

「ああ⁉　特別に特別に特別だよっ！　悪いかっ⁉」

「ははは、ありがとうな。じゃ、さっきも言ったが、この三ヶ月間の旅路、最高の思い出にしようぜ」

そう言って、グレンは強引にセリカの手を取り、そのまま引いていく。

「あっ⁉」

「この豪華客船、富豪用だけあって色々と見所満載なんだ。ほら、一緒に散歩して回ってみようぜ」

「うわわわわ……」

ぐいぐいと強引にセリカをエスコートするグレン。

セリカは抵抗することもできず、もっとも抵抗する気もないのだが、グレンに手を引かれるまま、初心《うぶ》な乙女のように顔を真っ赤にして恐縮しながら、グレンへついていくのであった。


————。


(いやー、なんつーか、慣れんわー)

水着姿のセリカが、パラソルの下、サンベッドに横たわりながら、ぼんやりしていた。

ここは、豪華客船にあるデッキプール。豪華客船の名にふさわしいどこかエキゾチックな装《よそお》いのプールでは、水着姿の旅行客達で賑《にぎ》わっている。

そんな光景をセリカは遠く見つめながら、一人もの思う。

(別に豪華客船の旅なんて、どってことないんだがなぁ……それが、グレンと二人で夫婦

としてするとなるとなぁ……うへぇ、嬉し恥《は》ずかしとはこのことか……顔がニヤける……ヤバ）

そんなセリカは、布面積の低いビキニ水着で、己の極上の肢体と肌を惜しげもなく晒《さら》している状態だ。

道行く旅行客が、ちらちらとセリカのことを盗み見ている。

（まぁ、それはさておき……さーて、そろそろかな……？）

セリカがそんな風に考えていると。

「へーい、そこの姉ちゃん！」

水着姿の見知らぬ二人組の男が、セリカの前に現れ、セリカに声をかけてくる。

いかにも貴族のボンボン。いかにも遊び慣れていそうな、軟派でチャラい男達だ。

だが、その肉体は水泳でムキムキに鍛え上げられており、肩幅も広く上背もあり、全身真っ黒に日焼けしていることも相まって、かなり屈強そうである。

「……な、なんですか？」

なぜかセリカは、どこか気弱そうに、男達へ応対する。

すると、そんなセリカの様子に、押せばどうとでもなると判断したらしい。男達がぐいぐいと迫ってくる。

「ねぇ、君、一人ぃ？」

「ねぇねぇねぇ⁉　俺達と一緒に遊ばなーい？　ねぇ？」

するとセリカはおずおずと左手をみせる。

薬指には指輪が塡《は》まっている。

「あ、あの……私、人妻で……」

「人妻⁉　うっひょ～っ⁉　マジで⁉　全然、見えね～っ！」

「ま、別に俺達、姉ちゃんが人妻でも全然、気にしないぜ⁉　なっ！」

「おうよ！　むしろ燃えるっつーかぁ⁉」

「あ、あのっ……」

「ほらほら！　行こうぜ！　俺達と一緒に遊ぼうぜ⁉　なっ⁉」

「そうそう！　姉ちゃんみたいな、美人の嫁さん一人にして放置してるアホな旦那なんかほっといてさ！　俺達と一夏のアバンチュール、楽しんじゃおうぜ！」

と、男達がセリカの手を摑《つか》んで、強引に立たせて連れて行こうとした……その時だった。

がしっ！　がしっ！

背後から男達の首根っこを摑む者がいた。

「どうも～、美人の嫁さん一人にして放置してたアホな旦那でぇす」

同じく水着姿のグレンである。

心なしか、こめかみがビキビキとしており、平静を装ってはいるものの、相当お怒りのようである。

自分がバカにされたから……というより、自分の女に粉かけられたからという怒りである。

「へぇ？　アンタがこの姉ちゃんの旦那さん？」

「ぷっ！　妙に古傷多いが、ヒョロガリじゃねえか！」

どちらかと言えば、痩肉《そうにく》体型であるグレンを見て、二人の軟派男達は与《くみ》しやすい相手だと判断したらしい。

セリカという極上の女をここで諦めるのも惜しいという心理も相まって、軟派男達はやたら強気な態度で、グレンに詰め寄ってくる。

「お前みてーなヒョロガリに、この姉ちゃんはもったいなすぎるって！」

「お前にゃ分不相応だ。悪いことは言わねえ……百戦錬磨の俺達に任せておけって……な？」

「痛い目……見たくないだろ？」

指をパキポキ鳴らしながら、グレンに凄んだ、次の瞬間。

「「あるぇー……？」」


　ぽーん！

　二人の視界がぐるんぐるん回転しながら、プールの中央へ落下していき……やがて、どっぱーん！　と盛大な水柱を立てて着水した。

「……フン」

　二人まとめて瞬時に投げ飛ばしたグレンが、手をパンパン叩《たた》きながら、ゴミでも見るように、沈んでいく男二人組を流し見るのであった。

　そんなグレンの姿に。

「やだ……私の旦那様、超格好いい……」

　セリカが顔を真っ赤にして、ふるふる震えながら口元を押さえている。

　すると、そんなセリカへ、グレンが詰め寄っていく。

　そして、その身体《からだ》を人目から隠すように、羽織り物を羽織らせる。

「あのなぁ！　少しは隠せよ！　お前の身体は男を狂わせるんだからさ！」

「えー？　美しいものを隠すのは、それはそれで罪じゃなーい？」

「やかましいわ！　ていうか、お前、わざとだよな⁉　わざとナンパさせてるよな⁉　もうこれで三度目だもんな⁉」

「そ、そんなことないぞー？　助けに来てくれるお前の格好いい姿が見たくて、わざと無防備さらしてナンパされてるなんて、そんなことあるわけないぞー？」

「語るに落ちてるんだよ！　これ以上余計な犠牲増やすなら、もう本格的に放置するからな⁉」

「いいじゃん……守ってくれよぉ……今の私は、魔術の力を失ったか弱い無力な女なんだぞぉ。しくしく」

「嘘泣《うそな》きやめーや！　そもそも魔術を失っても、あの程度の雑魚《ざこ》ども、お前ならどーとでもできるだろうが。俺に拳闘を教えたのは誰だよ、まったく……はぁ……」

「そもそも、私を一人にするのが悪い！」

「お前が俺に飲み物買ってこいゆーたんだろが。なんだこの理不尽」

ため息を吐きながら、グレンは、足下に置いておいた色とりどりのフルーツ盛りだくさんのトロピカルドリンクをセリカに差し出す。

「ふふん！　ご苦労ご苦労！」

すると、セリカはどかっとサンベッドに足を交差させて腰かけ、どや顔でストローを咥《くわ》え、ドリンクを吸っていく。

「飲んだら、一緒にもう一泳ぎしような、グレン！」

「おうよ」

グレンもセリカの隣に腰かけ、自分の分のドリンクを飲んでいく。

すると、ふとセリカがドリンクを飲む手を止めて。

グレンを見上げ、じぃ～っと見つめてくる。

「グレン」

「……なんだよ？」

「……楽しいな」

セリカが屈託なく笑った。

「！」

そのあまりにも眩《まぶ》しくて、美しい笑顔に、グレンは一瞬忘我して。

「……だな」

やがて、気恥ずかしそうにそっぽを向くのであった。

「あー、照れてるコイツ。私があまりにも美人過ぎる嫁だからって！」

「うっせ」

グレンは顔を赤らめながら、ドリンクに専念し、セリカがニシシと頬をつついてくるのに任せるのであった。

――――。

豪華客船の旅路は毎日が、まるで夢のように楽しかった。

「ほほーう。ここが砂漠のハラサのタジール宮殿か……」
「すげーな。アルザーノ帝国のフェルドラド宮殿といい勝負じゃねえか？」
「なぁ、グレン。あっちで一緒に記念の写像画撮影しようぜ？」
「お、おい！　引っ張るなって！」

旅路の道中、様々な国々の観光地を二人で一緒に巡って。

「ぎゃああああああああああああああああ――っ！　また負けたぁああああああああああああ――っ！」

「あ、またジャックポット来たわ」

「な、何ぃ⁉　セリカ、お前、ポーカーでもスロットでもルーレットでも、勝ちまくりじゃねーか⁉　どうなってんだよ⁉」

「ふふん？　まぁ、これが人としての器《うつわ》の差？　運命力？」

「くそぉ……」

「ところでグレン。お前……軍資金はどうなってる？」

「うるせえ！　見事に素寒貧だよ、ド畜生！　頼む、チップ貸してくれ！　このままじゃ終われねえ！」

「あっはっは、仕方ない旦那様だ。ほれ」

「おおおお、よっしゃ！　次こそは――」

「甲斐性《かいしょう》（笑）」

「どやかましい！」


豪華客船の中の、カジノなどの遊興施設で、二人で遊びまくって。

二人で色々と、遊んで、遊んで、遊びまくった。

些細《ささい》なことでも、二人一緒なら楽しかった。

そんな楽しい時間は、飛ぶように流れていく。

そして――

――。

世界中を巡り回り、ついにアルザーノ帝国への帰路へとついている豪華客船のとある夜。

その日は、格調高いダンスパーティーが行われるフォーマルナイト。

ダンスホールにはまるで夢のような光景が広がっている。天井から吊《つ》るされたシャンデリア、高い天井には、細やかに描かれた星空のような装飾が施されており、ゲスト達にまるで空の下で踊るような感覚を抱かせる。

ドレスコードに従って煌《きら》びやかなイブニングドレスやタキシードに身を包んだ乗客達が、音楽に合わせてふわりふわりと踊っている。

グレンとセリカの二人も、互いに手を繋《つな》ぎ、腰に手を回し、見つめ合いながら踊っていた。

「なんだかんだで、この旅ももうすぐ終わりだな」

「……そうだな」

優雅に踊りながら、二人は声を潜めて話す。

「なんつーか、楽しかったな！」

「……ああ」

グレンが笑い、セリカが微笑《ほほえ》みながら頷《うなず》く。

「やっぱ、こうしてお前と一緒に旅してさ、改めて思うよ。俺にはお前しかいなかったんだって」

「……私もだ」

「この旅はもう、終わるが……これから、末永くよろしく頼むぜ」

そんなグレンの言葉に。

セリカは、グレンをしばらくの間、じっと見つめて。

「…………ああ」

やがて、小さく頷くのであった。

同時に、ダンスが終わり。

ダンスホールは、拍手に包まれて、今宵《こよい》のダンスパーティーはお開きとなるのであった
──

――――。


「………」

ダンスパーティーが終わった後。

豪華客船の甲板に、セリカの姿があった。

夜風に嬲《なぶ》られる髪を手で押さえながら、夜の暗い海をぼんやりと見つめている。

先ほどまで煌びやかな世界に居たのに、まるで今は別世界だ。

そんな風に一人寂しくセリカが、夜の海を眺めていると。

「……で？　何を気に病んでいるんだ？　セリカ」

セリカを探しに来たグレンが、背後から声をかけてくる。

「……あ、グレン」

「さっきのダンスの時もそうだったが……この旅が始まって、たまにお前の様子がおかしいことがあったからな……旅ももうすぐ終わりだ。そろそろ話してくれよ」

「ち、違うんだ……誤解されたかもだが、お前と一緒になったことに何の不満も後悔もないんだ……本当だ、信じてくれ」

「そんなんわかってるよ」

慌てるセリカに、グレンが肩を竦《すく》めて応じる。

「どーせ、お前のことだ。いつものように何かを自分一人で背負い込んで、一人で勝手に苦しんでるだけだろ？　背負わせてくれよ、俺にも……夫婦だろ？」

「！」

そんなグレンに、セリカが目を瞬《しばたた》かせて。

やがて、苦笑いする。

「……参ったな。お前、本当に素敵な男の子になりやがった」

「光栄の極み」

おどけるグレンに、セリカがぽつぽつと話し始めた。

「……怖いんだ」

「怖い？」

「ああ、幸せ過ぎて怖い」

セリカが、グレンから視線を切り、再び夜の暗い海を見つめる。

「私のこれまでの人生は……本当の本当にクソッタレだったからな……何十年も何百年も、

何かを憎悪《ぞうお》して、恐怖して、苦しんで……艱難《かんなん》と辛苦に塗《まみ》れた人生がデフォルトだったんだ」

「…………」

「それだけじゃない。多くの別れを経験した。大切な友人に先立たれたのだって一度や二度じゃない。皆、皆、私を置いて逝《い》っちまった。私にとって人生なんて……罰ゲームみたいなものだったんだよ」

「…………」

「だけど……最後に、こうしてお前と一緒になれた」

セリカが振り返り、グレンを見つめてくる。

その瞳は……不安に揺れていた。

「私、幸せだ……今、本当に幸せなんだ……初めて人生って悪くないと思えたんだ……だから、怖いんだ」

「…………」

「この幸せを失うのが怖い。お前を失うのが、とてつもなく怖いんだ。もし、この幸せが壊れたら……その時、私はもう……」

と、その時。

グレンがセリカをふわりと抱きしめ、セリカの頭を撫《な》でる。

「よしよし、言えたじゃねえか。お前はいっつも自分一人で抱え込んじまうからな」

「……グレン」

「だけど……それは解消が難しい悩みだ。幸せの保証なんて、誰もできねえし……それに、俺がこの先、ずっと生きていられる保証もねえ。ある日突然事故ったり、病気で倒れる可能性だって、ゼロじゃねえんだ」

「…………」

グレンの言葉に、セリカが目を伏せる。だが……

「だから……俺は努力する」

「！」

「お前の幸せが、一分でも一秒でも長く続くように、少しでも長くお前の側に居られるように……俺はこれから全力で努力する。お前が幸せであり続けられるよう努力する。俺には、お前の不安を消してやることはできないが……お前の不安が全て杞憂《きゆう》だったと、お前が最後にそう思えるように、俺は努力する。だから、俺を信じて、俺と共に歩んでほしい。……こんな答えじゃ駄目か？」

すると。しばらくの沈黙の後。

「……参ったな」

セリカが目元に涙を浮かべながら、微笑む。

「お前、本当に素敵な男の子になっちゃったんだな……私、もうメロメロだよ……どうしてくれる？」

「どうしろと」

「……私より早く死んだら、ぶっ殺すからな……」

「ははは、なら長生きしねえとな」

そんな風に、二人が抱きしめ合っていた……その時だった。

ごごごごご……

突然、豪華客船が揺れ始めて。

どーんっ！

強い衝撃が襲った。

「か、海魔だぁあああああああああああ——ッ！　海魔が出たぞぉおおおおお

おおおお――ッ!?」

船の船首の方から悲鳴があがり、船の周囲の海面に、無数の水柱が天を衝《つ》かんばかりに上がった。

そして、そんな水柱を割って現れたのは、無数の巨大な触手を持つイカのような姿をした巨大な怪物……海魔――クラーケンだ。

有史以来、数多《あまた》の船を海の藻屑《もくず》へと帰してきた忌《い》むべき怪物の突然の登場に、船上はパニックに陥る。

誰も彼もが恐怖と絶望に苛《さいな》まれている……グレン以外は。

「かぁ～っ！　豪華客船のお約束が来やがった！」

にわかに慌ただしくなる周囲の様子に、グレンが面倒臭そうに頭をかく。

「まぁ……最悪この客船に常駐している護衛の魔術師達だけで、なんとかなるだろうが……俺が出張る方が確実だし、早いな」

「……グレン？」

「つーわけで、ちょっくら行ってくるわ」

そう、散歩に行くような調子で言い残し、グレンが船首の方へと向かって歩き始めた。

「安心しろ、何も心配ねえ。俺がお前を守る。言ったろ？　お前を一分でも一秒でも長く幸せにするって。これはその一環ってやつさ」

すると、セリカが、そんなグレンの腕を摑《つか》んだ。

「……セリカ？　どうした？」

「…………」

セリカが無言で俯《うつむ》いている。

「だ、大丈夫だって。いくら三流魔術師の俺でも、いまさらクラーケンごときに後れは取らねえよ？」

グレンがセリカを安心させるようにそう言うと。

不意に、セリカが顔を上げ、グレンを真《ま》っ直《す》ぐ見て、ニヤリと笑う。

「もう、自分に甘えるのはやめた」

「……え？」

そう言って、セリカがグレンから一歩離れ。

すー、はー、と何度か深呼吸して。

やがて。

「はぁ——っ！」

左手を掲げて、裂帛《れっぱく》の気迫を込めた次の瞬間。

ぼっ！　セリカの左手から、圧倒的な魔力の光が立ち上った。

「ふう……なんだ、呆気《あっけ》ない。人間その気になれば、結構、なんとかなるもんだ」

「な——っ!?　え!?　ま、魔術だと!?」

そんなセリカの姿を見たグレンが、驚愕《きょうがく》する。

「な、なんでだ!?　お前、魔術能力失ったはずじゃ……ッ!?」

「……実はな。一応、魔術能力を取り戻すため、セシリアの心霊手術を受けてはいたんだよ」

セリカが自分の左手に燃え上がる魔力を見つめながら、言った。

「でも、駄目だった。あの赤女の左手と同じだよ。トラウマだったんだ。私にとって魔術というのは、不幸と苦痛の象徴だったからな。魔術を使えば、また不幸になる気がして怖かった。私自身、魔術師は引退する気満々だったたし、使えないなら使えないで、別にそれでも良《い》いかって、ずっとそう思って放置してた」

「じゃ、じゃあ、なんで突然……？」

「お前、私の幸せのために……努力してくれるんだろ？」

セリカがグレンを見つめて微笑《ほほえ》む。

「お前が私にそうしてくれるように……私だって、お前を幸せにしてやりたいんだ。一方的にお前に、おんぶに抱っこなんて嫌だ。一緒に歩み続けるんだろう？　だったら過ぎ去ったことを、いまさらグチグチ怖がってる場合じゃない……自分に甘えてる場合じゃないんだよ。そう思ったら……なんだろうな？　魔術……再び使えるような気がしたんだ」

「セリカ……」

呆《ほう》けるグレンへ、セリカが往年の自信に満ちた不敵な笑みで、グレンへ手を差し出す。

「共に歩こう、グレン！　私とお前ならきっと、最後まで幸せに歩ききることができる！」

「……ああ！」

「差し詰め、そんな私達の行く末を邪魔する、空気読まないクラーケンを二人で吹っ飛ばそうぜ！　夫婦の初の共同作業だ！」

「……それは……もうケーキ切ったような気がするんだが……」

「ええい！　細かいこと言うな！　ほら！　行くぞ！」

「お、おいっ！　そんな引っ張るなって!?　転ぶから!?」

そんなやり取りと共に、セリカとグレンが船首へと走って行く――

「でけぇ……」

「ああ、でかいな」

甲板上を大騒ぎで乗客達が逃げ惑う中、グレンとセリカは、海面から顔を覗《のぞ》かせる巨大なクラーケンを見上げる。

クラーケンが無数の触手を振り回して乗客達を襲うが、セリカが指鳴らしで起動する稲妻の魔術が、片端からそれを弾《はじ》き返《かえ》す。

「じゃ、始めるか」

グレンが左掌《てのひら》をクラーケンへと突き出す。

「ああ」

グレンの左隣に寄り添うように立つセリカが、右掌をグレンの左掌の隣へと触れ合わせる。

そして、二人は一緒に呪文を唱え始めた。

「「《我は神を斬獲せし者・我は始原の祖と終《おわり》を知る者》」」

まるで結婚式で交わし合う誓いの言葉のように。

「「《其《そ》は摂理の円環へと帰還せよ・五素より成りし物は五素に・象と理を紡《つむ》ぐ縁は乖離《かいり》すべし・いざ森羅の万象は須《すべか》らく此処《ここ》に散滅せよ》」」

これからも共に二人で歩む、そんな決意の表明のように。

「「《遥《はる》かなる虚無の果てに》！」」

二人は呪文を唱えるのであった。

起動する、黒魔《くろま》改【イクスティンクション・レイ】。

二人が触れ合わせた掌から、全てを分解消滅させる虚数エネルギーの極光が容赦なく、クラーケンへと向かって放たれる。

その結果は——最早《もはや》、言うまでもないのであった。

――――。

――後年。

アルザーノ帝国魔術学院に、とある夫婦の名物教師と教授が、伝説として語り継がれることになる。

二人の薫陶《くんとう》を受けた若き魔術師達は誰もが後世に残る偉大な成果を上げ、その夫婦の名は、魔術史の輝かしい一ページとして永遠に語り継がれることになる。

その夫婦は時々、天地をひっくり返したような大騒動や大喧嘩《げんか》をすることもあったが、基本的には、誰もが羨むほど非常に仲睦《むつ》まじく、老衰で多くの人々に惜しまれながら天に召される時ですら、二人一緒であったという――

ルートNO．06セリカED

ＦＩＮ

——これは、本来あり得ない物語。

——決して、到達しえない物語。

——数多の可能性で分枝する無数の平行世界の中において、最も細く薄い枝葉。

——最後のＩＦ。

「……ん？」

ふと──グレンが辺りを見渡せば。

そこは、大いなる海だった。

無数の星々の煌《きら》めきが水平線を形作る、無限の海。

光の粒子が雪のように、はらはらと降ってきては躍る、神秘的で幻想的な世界。

そう。

ここは──

「……集合無意識の第八世界……《意識の海》……」

かつて……自分が若かりし頃に、垣間見《かいまみ》たことがある。

ここは《意識の海》。

全ての命が回帰する場所。魂の終着点。

あらゆる世界の、あらゆる人々の、あらゆる心が集う安息の地。

あの美しい星々の煌めきの一つ一つが、遍《あまね》く全ての世界に存在した命の心なのだ。

「ふうん？　俺がここに居るってことは、つまり……歩ききったんだな、最後まで」
グレンはどこか誇らしげに、独りごちた。
そう、グレンは歩ききったのだ。己の人生を。
生命の摂理に従い、魂は肉体から解放され、この場所にやって来た。
何も悲しいことはない。
人は皆、いずれ死ぬ。
大事なのは、死ぬまでに何を成すか、何を残すか、だ。
否──何も残せなくたっていい。
ただ、歩み続け、精一杯、一生懸命に生き抜けば、それでいいのだ。
人の生なんて、この長い宇宙の歴史から考えれば、一瞬の火花のようなもの。
ならば、一生懸命に生き抜けば、それで良い。
自分の人生の主人公は、自分なのだから。
その点で言えば……グレンは自分の人生が及第点であることを確信していた。
こうして、ここに来てみて、不思議な満足感と充実感がグレンを満たしていた。
「しっかし……はて？　俺は一体、どんな人生を歩んだんだったかな……？」
しかし、なぜか、どうにもその部分の記憶があやふやだ。

システィーナと一緒に、世界中の古代遺跡を飛び回っていたような気がする。

ルミアと一緒に、魔術と帝国の発展に生涯を捧《ささ》げていたような気がする。

リィエルと一緒に、生涯をかけて帝国を守り続けた気がする。

あるいは、英雄として華々しく表舞台で活躍するイヴを、裏舞台で一生涯支え続けていたような気もする。

はたまた、ナムルスと一緒に神様となって、あらゆる次元や世界を渡り歩き、〝正義の魔法使い〟であり続けたような気もする。

セリカと一緒に、教師として生涯にわたって若手魔術師の育成を勤め上げたような気もする。

他にも……様々な人生の記憶がある。

一体、どれが自分が歩んだ本当の人生なのだろうか？

「……いまさら、些細《ささい》なことだな」

そう——それは、グレンにとって、最早、些細なことであった。

どんな人生だろうが。

誰と添い遂げた人生だろうが。

その全てで、グレンは全力で、精一杯、生き抜いた。

それだけは、自信を持って言えるからだ。

「……さて、俺は……どこに向かっているのかねぇ？」

グレンは、星降る海を歩き続ける。

特に当てもなく、ただ、己の魂が導くままに、歩き続ける。

不安は何もない。グレンには確信があったからだ。

こうして、歩む先に、きっと——……

そして、それは突然だった。

「……先生っ！」

不意に、グレンの前に、システィーナが現れた。

「……待っていましたよ、先生」

ルミアが現れた。

「ん。待ってた」

リィエルも現れた。

「随分と遅い到着ね。減点だわ」

イヴが仏頂面《ぶっちょうづら》で腕組みし、そっぽを向きながら、立っていた。

「久しぶりだな。会いたかったぞ、グレン」

セリカが穏やかな笑みを浮かべていた。

「……ま。私はここで待っていれば、いずれまた会えるってわかってたけど。あんまり女を待たせるものじゃないわよ」

ナムルスがすまし顔で髪をかき上げていた。

皆、皆、懐《なつ》かしいあの頃と変わらない姿で、グレンを待っていた。

「お前ら……」

彼女達とこうして会うのは、どれくらいぶりだろう？

思わず目頭が熱くなるのを、グレンは必死に堪《こら》える。

「そうだよな……ここは全ての魂の回帰する場所……そりゃ、お前らともまた会えるよな……」

「私達だけじゃないわよ」

システィーナがくすくすと悪戯《いたずら》っぽく笑って、くるりと背後を振り返る。

「ほら、先生！　よく見て！」

「…………っ」

いつの間にか──世界が様変わりしていた。

そこは……今となっては懐かしい、あのアルザーノ帝国魔術学院の風景だった。

大勢の生徒達で賑《にぎ》わうその風景の出現と引き換えに。

いつの間にか、システィーナ達の姿は消えている。

グレンは……何かに導かれるように、学院敷地《しきち》内をゆっくりと歩き始めた。

すれ違う誰もに、見覚えがあった。

前庭では、アリシア七世とファイス司教枢機卿《すうききょう》、ルミアの姉レニリアが東屋《あずまや》で談笑していた。グレンに気付いて、三人とも会釈《えしゃく》してくる。

校舎内に入って、二組の教室を目指す。

あの懐かしい二組の教室には、ギイブル、カッシュ、ウェンディ、テレサ、セシル、リン……その他、多くの教え子達が、あの頃のように談笑していた。

やって来たグレンの姿に気付き、皆、手を振ってくる。

教室を後にして、さらに廊下を歩き続けると、グレンが現役時代、世話になった教授や講師達とすれ違った。

フォーゼル、ハーレイ、リック学院長とセルフィ、ツェスト男爵、オーウェル、セシリア……誰もが穏やかな視線を、グレンに送ってくる。

廊下を曲がれば、聖リリィ組のコレット、フランシーヌ、ジニーに絡《から》まれる。

階段の踊り場で、ジャイルやリゼ、エレンと遭遇し、軽く挨拶を交わし合う。

階段を上りきると、さらなる上階を目指すため、反対側の階段を目指して、長いロングギャラリーを歩いて行く。

そこには……懐かしい戦友達がいた。

アルベルトがいた。

クリストフがいた。

バーナードがいた。

エルザがいた。

ルナがいた。

イリアがいた。

ル＝シルバがいた。

誰もがすれ違うグレンを、温かく見送ってくれる。

そうして歩き続けていると、不意に──風景が変わった。

そこは、大講義室だった。

そこには老若男女《ろうにゃくなんにょ》問わず、グレンが全ての並行世界で関わってきた多くの人達が集まっていた。

システィーナの両親や、親交深かったとある母子、いつも振り回してきたへっぽこ魔導探偵、そして懐かしい幼なじみ……他にもたくさんの懐かしい知己がいた。

講義室の隅で腕組みし、すまし顔で佇《たたず》んでいる、かつてあれほど憎かった宿敵の姿すら……今となっては、自然と受け入れられる。
盛大な拍手と共に、全員に見守られながら、大講義室を後にしようとすると。
突然、背後からマリアに抱きつかれた。
花束を贈り、大はしゃぎで握手してくるマリアと別れ、大講義室をも後にする。
目の前には……上へと続く階段がある。
ゆっくりと階段を上っていき……やがて眼前に現れた扉を押し開く。
そこに広がるのは——屋上の風景だった。
眩《まぼゆ》い黎明《れいめい》のような光に包まれた、アルザーノ帝国魔術学院の屋上。
遠くフェジテの街並みが、白に溶け消えていくその美しい光景の中で。
不意に、グレンは悟る。

「ああ……ここが終着点か」

ここで、今度こそ、本当に。
グレンの長きにわたる、大いなる魂の旅路は終わるのだ。
不安など欠片《かけら》もなく、ただただ感慨と安らぎに浸っていると。

「ううん、違うわ」

不意に背後からかけられた言葉に、グレンは振り返る。

そこには──再び、システィーナ、ルミア、リィエル、イヴ、セリカ、ナムルスが現れていた。

「違うって……何がだよ？」

「ここは出発点よ。だって……まだ、先生、やり残したことがあるじゃない？」

システィーナがそんなことを言う。

「やり残したこと……？」

「はい。先生には、最後に大仕事が残ってます」

「ん。途中で放り出すの、よくない」

ルミアとリィエルが続ける。

「正直、私は反対……っていうほどでもないけど、複雑な気分だわ」

「なんだよ？　随分と余裕ないな、赤女」

どこか難しい顔をしているイヴの頰を、セリカが悪戯っぽくつつく。

「ま、ここは全ての可能性が交差する世界。ここまで来て、中途半端《ちゅうとはんぱ》は確かによくないわね。もう全部やりきってしまいなさい」

ナムルスまでそんなことを言い始める。

「ちょ……待て。俺がやり残したことってなんだよ？」

グレンは、様々なＩＦに分枝《ぶんし》した自分の人生を振り返ってみる。

思い残すことは……もう何もない。

自分が歩んだいかなるＩＦの人生も、グレンは本当に最後まで全力で歩みきったのだ。

後悔も、思い残したことも、やり残したことも、あるわけがない。

「ううん、いるじゃない？　まだ……先生が幸せにしていない人が」

「！」

システィーナの言葉に、グレンが目を見開く。

「私達は皆、先生に幸せにしてもらったけど……まだ、先生に幸せにしてもらっていない人が……先生が幸せにできなかった人がまだ居るはず。そうでしょう？　約束……したんでしょう？」

「それは……」

グレンの脳裏に浮かぶのは——あの懐かしい、白い髪の。

「……行ってこい」

ぽん、と。セリカが、背後からグレンの肩を叩《たた》く。

見れば──グレンの前方に、眩い光が見えた。

あれは、新たなる可能性の光だ。

これまで、決してなかった光と道だ。

「……いいのか？　これって……浮気《うわき》にならね？」

グレンは気まずそうに、一同を振り返る。

「何をいまさら。結局、私達全員をモノにしたロクでなしのくせに」

イヴが憮然《ぶぜん》と言い捨てる。

「あはは、色んな可能性で分枝した並行世界での話ですけどね……それぞれの世界では、先生、本当に私達へ誠実でしたよ？」

ルミアが曖昧に笑って弁護する。

「行ってきて、グレン」

リィエルが頷《うなず》く。

「ええ、行きなさい。ここまで来たら、もう全員ハッピーエンドにしちゃいなさいよ」

ナムルスが髪をかき上げながら言う。

グレンが一人一人の顔を順に見つめていく。

皆、気持ちは同じのようだ。

こいつらと出会えて本当に良かった……グレンは心から感謝して。

「……わかった。行ってくる」

遥《はる》か先、新たなる可能性の光へと向かって、ゆっくりと歩き始める。

「皆、もうちょっとだけ、待っててくれ」

「頑張ってね、先生。私達にしてくれたように……あの人も幸せにしてあげてね」

「……努力する」

システィーナに送り出されて。

グレンは歩き続ける。

光に向かって、歩き続ける。

やがて、世界の全てが真っ白に染まっていって。

そして──……

──。

──。

──。

「ぐわあああああああああああああ──ッ!?　遅刻、遅刻ぅうううううううううううううううううううううう──ッ!?」

高層ビルが建ち並び、アスファルトで舗装された道路を、口にパンを咥《くわ》えた青年が駆け抜けていく。

黒髪黒瞳の青年だ。シャツやスラックスをややだらしなく着崩している、どこにでも居るような青年である。

ここは、奇跡的に何もかもが上手《うま》くいっている世界。

大きな争い事もなく、特に大きな問題もなく、穏やかに発展している平和な世界。

だけど、不真面目な者や怠け者には、やはり少々厳しくて。

「ちくしょおおおおお！　今度、単位落としたら留年なんだよぉおおおおお!?」

つまり、少々だらしない所がある青年には、少々厳しい世界ではあった。

「うおおおおお！　今ならぎりぎり間に合──」

グレンが前方の横断歩道を、一気に突っ切ろうとすると。

「きゃっ」

前方にあった曲がり角から、走って現れた少女に、軽く接触してしまう。

ばさばさっ！

少女が転倒することはなかったが、手にしていた鞄《かばん》が地面に放り出され、中身の本やノートがぶちまけられる。

「わ、悪ぃ！　すまねえ！　怪我《けが》はねえか⁉」

慌てて振り返る青年。

そして、アスファルトの上に散らばったノートやら本やらを慌てて拾い集め、少女へと差し出す。

「急いでたんだ！　本当に申し訳――」

その少女を見た瞬間。

青年は、硬直して眼《め》を瞬《しばたた》かせる。

同じく、目を瞬かせて青年を見つめてくる少女の姿を凝視する。

自分と同じ歳《とし》くらいの少女だ。

流れるような長く白い髪。白磁の肌。

清楚《せいそ》なロングスカートにカーディガン。肩にはストール。

今まで見たこともないような美人だった。

だが……

（……あれ？　こいつ、初対面のはず……だよな？）

懐《なつ》かしいような、嬉《うれ》しいような。

何か心の奥のどこかで、青年は奇妙な感覚を覚える。

少女のその姿には……どこか見覚えがある……ような？

「あ、あのー……君、大丈夫？」

いち早く我に返ったらしい少女が、青年の顔をのぞき込んでくる。

「あっ！　す、すまねえ！　大丈夫だ！　迷惑かけたな！」

青年は慌てて、少女の鞄へ拾った本やらノートやらを詰め込むと、それを少女へと押しつけるように差し出す。

そして、慌ただしく、その場を立ち去ろうとする。

が。

「ま、待って！」

少女がいきなり青年の後ろ袖を摑《つか》んで呼び止めてきたので、青年は立ち止まって振り返った。

「な、なんだ⁉」

「あの……君って、グレン君……だよね？　私と同じ大学の神秘学科の」

「！」

青年——グレンが再び目を瞬かせる。

「えーと？　なんで俺の名前を……？」

「だって……ふふっ、グレン君はうちの大学の有名人だから。いつも色んな騒ぎを起こして、皆の話題の中心に居るじゃない？」

「う、ぐ……そんなことねーと思うが……」

「ふふふ、そんなことあるよ～」

どこか独特のペースで、少女が笑いかけてくる。

（こんな美人にまで、悪評が浸透してるなんて……くそう、不覚すぎる）

グレンが頭を抱えてため息を吐《つ》いていると。

「あ、もうこんな時間だ」

少女が腕時計を見ながら、そんなことを言った。

「えっ⁉　げっ⁉　ぐおあああ⁉　もう遅刻確定じゃん、コレェエエエ⁉」

時すでに遅しという現実を前に、グレンが嘆いていると。

「ふふふ、遅刻、いーけないんだ」

少女がクスクスとそんなグレンを見て笑う。

「って、そうは言うが、現時点でここに居るってことは、お前も遅刻じゃねえのか？」

「そうだよ？　困ったねぇ」

「へ、変なやつ……」

まったく悪びれもせず、屈託なく笑っている少女に、グレンは毒気を抜かれてしまう。

いちいち騒いでいる自分がバカみたいに思えてくる。

「あー、どうしようかな……あの先生、遅刻にはバカみてえに厳しいから、いっそ病欠にした方がマシかも……出席日数も……大分厳しいが、まだギリギリ……」

グレンがぶつぶつそんなことを言っていると。

「あ。だったら、ねぇ、グレン君。私と一緒に午前の授業サボっちゃわない？」

なぜか、少女がいきなりそんなことを提案してくる。

「え？　えええ？　な、なぜに？」

「だって、二番街に新しいスイーツ喫茶ができたんだよ？　こうなったら、昼に混み合う前に行くべきなんじゃないかな？　うん」

「いや、そーゆーことじゃなくてだな……なんで、俺と？」

ご機嫌そうに微笑《ほほえ》みながら、ナチュラルに振り回してこようとする少女に、グレンは目を白黒させる。

すると。

「んー？」

少女はしばらくの間、顎に指を当てて、空を見上げて考え込み。

やがて、苦笑いしてグレンを流し見る。

「なんか……初めて会った気がしないんだよね、グレン君って」

「……えっ？」

「なんか……私、遠い昔から、グレン君のことを知っていたような……そんな気がしてたの。だから、大学に入って、グレン君のことを知って以来、実は私、グレン君のこと、ずっと遠くから見てたの。ふふっ、ずっとこうしてお話してみたかったんだよ？」

「ええと……それはナンパですか？　それともストーカーですか？」

「ナンパでも、ストーカーでもないよぉ！」

むすっと、少女が睨《にら》んでくる。

「それで？　行くの？　行かないの？」

「う……」

少女にじっと顔をのぞき込まれて、グレンはたじろぐ。

少女の顔を間近で改めて、よく見る。

その眼差《まなざ》し。その顔。その髪。

なぜか……その全てが懐かしく感じる。

やっぱり、以前、どこかでこの少女と会ったような気がする。

自分はこの少女と、ずっと、ずっと会いたかった……そんな気がする。

だが、どうして初対面のはずのこの少女に、そんな感傷を抱くのか、グレンは自分でもよくわからなかった。

（ま、いっか）

ポリポリとグレンは頭をかく。

午前中の授業をサボるなら、どうせ午後まで暇だ。

こんな美人と一緒に過ごせるなら、それはそれで悪くない。

「わかったよ。お供させていただくぜ、お姫様」

「わ。やった」

手を合わせて喜ぶ少女。

「でも、本当にいいの？　自分で誘っておいてアレだけど……今の私って、相当怪しくない？」

「ま、そんな気もするが……なんていうのかな」

グレンがぽりぽりと頬をかきながら、そっぽを向いて、ぼやく。

「俺も……なんか、お前とは初めて会った気がしねえんだよ。そうだな、気の遠くなるような遥《はる》か昔から、お前のことを知っていた……ような……？」

「ふうん？　それって、ナンパ？」

「バカ！　違《ちげ》えよ！」

からかうように睨《ね》め上げてくる少女に、グレンがむすっと返して。

二人はじっと見つめ合って。

やがて。

「ぷっ……ふふっ、あははははっ」

「ふっ……はははは、はっ！」

二人は楽しそうに笑い合うのであった。

「じゃ、そういうわけで！　一緒に仲良く、おサボり会、行こっか！」

少女がグレンの手を取り、歩き始める。

「お手柔らかに頼むぜ？　えーと……」

手を引かれるままにグレンも歩き始め、ふと肝心なことに気付く。

「そう言えば、お前……名前はなんていうんだ？」

すると。

少女はピタリと足を止めて、くるりとグレンを振り返る。

そして、ニッコリと笑い、こう悪戯《いたずら》っぽく聞いてくるのであった。

「……当ててみて？」

「はぁ……？」

いきなりの難問に、グレンが眉根を寄せる。

「あのな……あくまで俺達は初対面だぞ？　当たるわけねーだろ？」

「そうかな？　グレン君なら、一発で私の名前を当ててくれる……私、そんな気がするんだけどな？」

「……いや、無理に決まってんだろ。エスパーかよ」

「いいから、いいから。ほら、当ててみてよ、さぁ！」

「ンなこと言われてもな……」

グレンが、そんな風に楽しそうな少女の顔を、容姿を改めてじっくりと観察する。

だけど、実に不思議なことに。

グレンの心の中に、ぷくりと泡のように、自然と浮かんでくる名前があった。

さらに不思議なことに。

一度、その名前を思い浮かべてしまうと、もう目の前の少女の名前が、それ以外に考えられなくなってしまう。

グレンは思いきって、その名を呼んだ。


「……セラ？」


すると、その少女は、一瞬、目を微《かす》かに驚いたように見開いて。

やがて、嬉しそうに笑うのだった。

「ピンポーン。正解」

「……マジかよ？　こんなことってあるんだな……」

当てておいてなんだが、驚きを隠せないグレン。

同時に、この少女の名前を、自分が間違えるわけもないという気もしてくるから、実に不思議である。

「ひょっとして私達……運命かもね？」

「さすがに気ぃ、早くねえか？」

「さぁ？　どうだろ？」

「やれやれ、変なやつ」

「嫌？」

「……別に？　嫌じゃねえけど」

「ふふっ、良かった」

「はぁ……」

「ね、これから色んなこと、話そう？　私、もっとグレン君のこと、知りたいな……」

「へいへい、お姫様の望むままに」

そんな他愛《たわい》もない話をしながら。

グレンと少女──セラは手を繋《つな》ぎながら、街の方へと歩いて行くのであった。

二人のこれからの長い人生の旅路は、まだ始まったばかりだ──

FIN

あとがき

　こんにちは、羊太郎です。今回、『ロクでなし魔術講師と福音後記《アフターレコード》』刊行の運びとなりました。編集者並びに出版関係者の方々、そしてこの『ロクでなし』を支持してくださった読者の皆様方に無限の感謝を。

　さて、この本の立ち位置といたしましては、一応『ロクでなし』の本編二十四巻＋短編集十一巻の後の後日談です。『ロクでなし』の物語の後、グレンが一体、どのような人生を送ったのか？　ヒロインの誰とゴールインしたのか？　それぞれをＩＦの形で描いています。

　――とはいえ。この『福音後記《アフターレコード》』は、あくまで『ロクでなし』本編&短編集とは切り離し、『ロクでなし』の名を冠するものの、まったくの別作品だとお考えください。

　というのも、僕は作家として、作品の本編後の結末を読者がアレコレ想像して楽しむ余地を奪う必要以上の後日談を書くのをあまりよしとしません。主人公達の人生と結末は、その作品に最後までお付き合いくださった読者様の想像が一番の正解なのです。

読者様がそう思えば、主人公はこんな人生を歩んだ、主人公はどのヒロインとくっついた……それが読者様にとっての紛れもない真実なのです。

ですが、幸いなことに、この僕、羊太郎が描いた『ロクでなし』のキャラ達の後日談を読んでみたい……そう思ってくださる読者様がとても多かったので、僕はあえてこの『福音後記《アフターレコード》』を書きました。言わば、羊太郎による『ロクでなし』の二次創作です。

この『福音後記《アフターレコード》』に描かれた結末は絶対ではありません。公式の事実とすることもありません。これは、数多《あまた》の読者様が想像する彼らの人生のほんの一つの可能性なのです。

それを踏まえた上で、楽しんで頂ければ幸いです！

そして、最後に。

ここまで『ロクでなし』の物語に、最後の最後までお付き合いいただいた読者様。本当にありがとうございました！　各キャラとのエンディングを、こういう形でお送りするのは、蛇足かもしれません。余計かもしれません。作者の自己満足かもしれません。

それでも、ここまでこの作品についてきてくれて、楽しんでくれた読者様には無限の感謝を送ります！　改めて、今まで本当にどうもありがとうございました！

羊太郎

初出

永遠に新しき神
ドラゴンマガジン2024年3月号

紅焔公と影の英雄
ドラゴンマガジン2024年5月号

英雄一家の休日
ドラゴンマガジン2024年7月号

比翼連理の二人
ドラゴンマガジン2024年9月号

愛しい貴方へ
ドラゴンマガジン2024年11月号

共に歩む
書き下ろし

グランドエピローグ
書き下ろし

After Records Of Bastard Magic Instructor

富士見ファンタジア文庫

ロクでなし魔術《まじゅつ》講師《こうし》と福音後記《アフターレコード》

令和７年３月20日　初版発行

著者――羊《ひつじ》 太郎《たろう》

発行者――山下直久

発　行――株式会社KADOKAWA
〒102-8177
東京都千代田区富士見2-13-3
0570-002-301（ナビダイヤル）

印刷所――株式会社暁印刷

製本所――本間製本株式会社

※定価はカバーに表示してあります。
●お問い合わせ
https://www.kadokawa.co.jp/（「お問い合わせ」へお進みください）
※内容によっては、お答えできない場合があります。
※サポートは日本国内のみとさせていただきます。
※Japanese text only

ISBN978-4-04-075621-9 C0193　◇◇◇

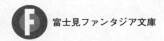

切り拓け！キミだけの王道
ファンタジア大賞
原稿募集中！
賞金
《大賞》300万円
《金賞》50万円
《銀賞》30万円
選考委員
細音啓「キミと僕の最後の戦場、あるいは世界が始まる聖戦」
橘公司「デート・ア・ライブ」
羊太郎「ロクでなし魔術講師と禁忌教典《アカシックレコード》」
ファンタジア文庫編集長
前期締切 8月末日
後期締切 2月末日
公式サイトはこちら！ https://www.fantasiataisho.com/
イラスト／つなこ、猫鍋蒼、三嶋くろね